아르슬란 전기

1

왕도의 불길

목 차

주요 등장인물

아르슬란: 파르스 왕국 제18대 국왕 안드라고라스 3세의 왕자.

안드라고라스 3세: 파르스 샤오(국왕).

타흐미네: 안드라고라스의 아내이자 아르슬란의 어머니.

다륜: 아르슬란을 섬기는 마르즈반(만기장萬騎長). 별명은 '마르단후 마르단(전사 중의 전사)'.

나르사스: 아르슬란을 섬기는 전前 다이람 영주. 미래의 궁정화가.

기이브: 아르슬란을 섬기는 자칭 '유랑악사'.

파랑기스: 아르슬란을 섬기는 카히나(여신관).

엘람: 나르사스의 레타크(몸종).

이노켄티스 7세: 파르스를 침략한 루시타니아의 국왕.

기스카르: 루시타니아 왕의 동생.

보댕: 루시타니아 국왕을 섬기는 이알다바오트 교의 대주교.

은가면: 루시타니아군에 소속된 수수께끼의 사내.

암회색 옷의 마도사: ?

자하크: 사왕蛇王.

연표

……파르스력暦 301년, 제16대 샤오(국왕) 고타르제스 2세 붕어崩御. 향년 61세. 왕태자 오스로에스가 즉위하여 제17대 샤오 오스로에스 5세라 칭함.

파르스력 303년, 오스로에스 5세, 왕제 안드라고라스를 에란(대장군)으로 삼아 국경 남동쪽의 바다흐샨 공국公國을 멸함. 바다흐샨 공작 케유마르스 자결. 그의 아내 타흐미네는 안드라고라스에 의해 왕도王都 엑바타나로 연행.

파르스력 304년, 제17대 샤오 오스로에스 느닷없이 붕어. 향년 30세. 왕의 동생이자 대장군인 안드라고라스, 즉위하여 제18대 샤오 안드라고라스 3세라 칭함.

파르스력 305년, 안드라고라스 3세, 타흐미네를 왕비로 삼음.

파르스력 306년, 안드라고라스 왕과 타흐미네 왕비 사이에 왕자 탄생. 아르슬란이라 명명.

파르스력 310년, 투란 왕국이 북방에서 침공하였으나 격퇴됨.

파르스력 311년, 아르슬란 왕자를 정식 왕태자로 삼음.

파르스력 312년, 투란 왕국이 북방에서 재침공하였으나 격퇴됨.

파르스력 313년, 미스르 왕국이 서방에서 침입. 왕도 엑바타나까지 밀려들지만 파르스군에게 격파됨.

파르스력 315년, 투란 및 신두라, 튀르크 3국 연합군이 동북방, 동남방, 동방에서 침입. 파르스군에게 격파됨.

파르스력 320년, 서북방의 루시타니아 왕국군이 파르스의 우방 마르얌 왕국을 멸망시키고 파르스 왕국으로 침공. 안드라고라스 3세, 스스로 군을 이끌고 아트로파테네 평원에서 침략군과 맞서 싸움. 왕태자 아르슬란 첫 출전. 당시 14세.

(파르스 왕국 연대기)

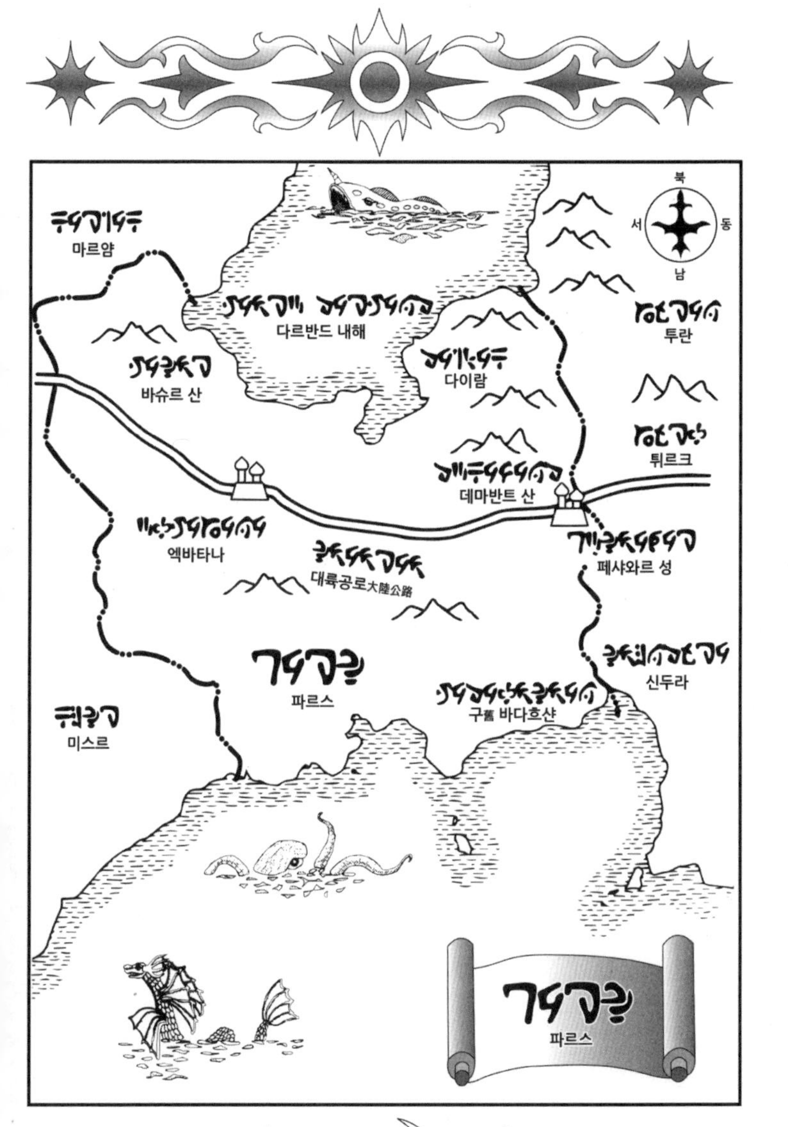
북
서
동
남
마르얌
다르반드 내해
투란
바슈르 산
다이람
튀르크
데마반트 산
엑바타나
페샤와르 성
대륙공로大陸公路
신두라
파르스
구舊 바다흐샨
미스르
파르스

제1장 아트로파테네 회전

I

이미 태양은 동쪽 하늘에 떠올랐을 터이지만 평원을 뒤덮은 안개의 장막을 헤치지는 못했다. 10월 중순. 가을 햇살은 미미했으며 바람은 전혀 없다. 파르스의 기후에서는 보기 드문 짙은 안개는 좀처럼 걷힐 기미를 보이지 않았다.

파르스 국왕 안드라고라스 3세의 아들 아르슬란은 불안했는지 말의 목을 손바닥으로 가볍게 두드렸다. 첫 전투를 앞두고 아르슬란 자신도 마음이 놓이지 않았지만 말을 다독여놓지 않으면 전쟁도 할 수 없다.

그건 그렇다 쳐도 무슨 안개가 이렇게 짙단 말인가. 곳곳에서 완만하게 오르내리는 평원도, 아득한 북쪽에 뿌옇게 펼쳐진 만년설 덮인 산들도 전혀 볼 수 없었다.

오른쪽 방향에서 말발굽 소리가 들렸다. 무장을 갖춘 나이 지긋한 기사 한 명이 나타났다. 파르스 왕국의 에란(대장군) 바흐리즈였다. 이미 예순다섯 살이지만 전투와 수렵과 승마로 단련한 육체는 아직 늠름했다.

"왕태자 전하, 이런 곳에 계셨사옵니까. 폐하의 본진에서 너무 멀리 떨어지지 마시옵소서. 이렇게 짙은 안개 속에서는 한번 길을 잃었다간 큰일이옵니다."

"바흐리즈, 이 안개는 아군에 불리하지 않겠는가?"

투구 속에서 맑은 밤하늘 같은 눈동자를 빛내며 아르슬란은 노기사에게 물었다. 바흐리즈는 웃어넘겼다.

"안개가 됐든 야음夜陰이 됐든…… 혹은 눈보라가 됐든, 파르스 기병대의 돌진을 막을 수는 없나이다. 심려치 마시옵소서. 전하의 아바마마이신 안드라고라스 폐하께서 즉위하신 후로 지금까지 우리 파르스군은 패배를 모른다는 사실을 전하도 잘 아시지 않사옵니까?"

열네 살 왕자는 노인의 자신감을 곧이곧대로 받아들일 수 없었다. 노인도 지금 막 말하지 않았던가. 길을 잃었다간 큰일이라고. 아르슬란의 말도 안개를 불안해했다. 안개 탓에 행군속도가 둔해지면 기병대는 장점을 잃고 만다.

"이거야 원, 전하께서는 이 노인네보다도 걱정이 많으시군요. 파르스 기병 8만 5000은 아트로파테네의 지형을 속속들이 파악하고 있사옵니다. 반면 루시타니아 야만족들은 4백 파르상(약 2000킬로미터)의 여정을 거쳐 온 바, 지형을 자세히 모르나이다. 야만족 놈들은 일부러 먼 이국에 묘를 만들기 위해 찾아온 거나 마찬가지입지요."

아르슬란은 오른쪽 허리춤에 찬 아키나케스(단검)의 칼자루를 만지작거리다가 손을 멈추고 물었다.

"최근에도 마르얌 왕국이 루시타니아인들에게 멸망했네. 마르얌 또한 루시타니아인들에게는 먼 이국이 아니었는가."

가탈 많은 왕자에게 노인이 무언가 대답하려 했을 때 안개 속에서 다른 기사 한 명이 나타나 말했다.

"에란 바흐리즈 공, 서둘러 본진으로 돌아와 주십시오."

"드디어 출전인가, 칼란 공?"

중년 기사는 붉은 술이 달린 투구를 크게 가로저었다.

"그게 아닙니다. 귀공의 조카가 문제를 일으켜서 말입니다."

"다륜이?"

그렇게 말한 사람은 아르슬란 왕자였으며, 노인은 만년설처럼 허연 수염을 손끝으로 매만지며 얼굴을 찡그리기만 했다.

"예. 그렇사옵니다, 전하. 폐하께서 진노하셔서 다륜을 마르즈반에서 해임하겠노라 말씀하셨나이다. 다륜은 우리나라에서도 다섯 손가락 안에 드는 용사……."

"마르단후 마르단(전사 중의 전사)이지. 나도 안다."

"전투를 앞두고 그러한 일이 생긴다면 전군의 사기를 꺾을 수 있나이다. 에란, 부디 본진으로 오셔서 폐하의 진노를 가라앉혀 주셨으면 합니다."

"다륜 이놈, 정말 못쓰겠군."

노인은 끙끙거렸지만 목소리에서는 조카에 대한 숨길 수 없는 애정이 묻어났다. 칼란에게 안내를 받아, 아르슬란과 바흐리즈는 안개에 눅눅해진 풀 위로 안드라고라스 왕의 본진을 향해 말을 몰았다.

파르스 샤오(국왕) 안드라고라스 3세는 마흔네 살이다. 멋들어진 검은 수염을 길렀으며 안광은 날카로워 즉위 이래 16년 동안 불패를 자랑하는 무인의 품격이 넘쳐났다. 키가 크고 어깨도 넓으며 가슴팍도 탄탄했다. 겨우 열세 살에 사자를 잡아 시르기르(사자사냥꾼)라는 칭호를 받았으며 열네 살에는 전장에 나가 마르단(전사)이라 칭할 자격을 얻었다. 파르스 전군, 12만 5000 기병과 30만 보병을 지휘하기에 충분한 사나이였다.

그런 샤오가 지금 본진의 호화로운 비단 천막 안에서 분노에 떨고 있다. 왕 앞에는 무장한 청년 하나가 무릎을 꿇고 있었다. 그가 에란 바흐리즈의 조카이며, 파르스 전군에 열두 명밖에 없는 마르즈반 중 최연소자, 스물일곱 살의 다륜이었다.

마르즈반은 이름 그대로 기병 1만 기騎를 이끄는 장군을 말한다. 파르스군은 전통적으로 기병을 중시하며 보병을 경시한다. 기병은 사관士官이 아자탄(기사) 계급이며 병사는 아자트(자유민) 계급이지만 보병은 사관이 아자트 계급, 병사가 굴람(노예) 계급이다. 마르즈반 정도 되면 군대에서의 격은 바스푸흐란(왕족)에 버금갈 정도다.

다륜은 스물일곱 살의 젊은 나이에 그런 마르즈반이 되었으니, 그가 얼마나 용맹한지는 충분히 상상이 갈 것이다.

"다륜, 내가 그대를 잘못 보았구나!"

안드라고라스는 고함을 지르며 손에 든 승마용 채찍으로 천막 기둥을 후려쳤다. 그 기세에 측근들이 흠칫 떨었다.

"투란과 미스르에까지 용명勇名을 떨친 그대가 언제부터 겁쟁이의 망령에 사로잡혔는가. 그대의 입에서 퇴각이라는 말을 들을 줄이야. 그것도 전투가 시작되기도 전에…….”

“폐하, 저는 겁이 났기에 간언을 드린 것이 아니옵니다.”

다륜이 처음으로 입을 열었다. 투구 술은 물론 갑옷과 군화에 이르기까지 온통 검은색이었다. 망토의 안감만이 저무는 해에서 떨어진 물방울로 물들인 것처럼 붉다. 볕에 그을려 생기로 넘치는 얼굴은 날카롭고 야무져서 미남이라 해도 좋을 정도였으나, 비단과 보석으로 치장한 예복보다는 갑주 차림이 훨씬 잘 어울릴 것이다.

“전사가 싸움을 피하는 이유가 겁을 먹었기 때문이 아니면 무엇이란 말인가.”

“폐하, 다시 돌아보시옵소서. 우리 파르스군의 기병이 지극히 강력하다는 사실은 만국에 알려졌나이다. 그런데도 어째서 루시타니아군은 하필이면 기병전에 유리한 평원에 진을 치고 우리 군을 기다린다는 말입니까?”

“…….”

“모종의 함정이 있으리라 사료되옵니다. 더군다나 이 안개를 보시옵소서. 아군의 움직임조차 판별하기 어렵사옵니다. 잠시 후방으로 물러나 왕도王都 엑바타나 근처에서 진을 재구축해야 한다고 아뢴 것이 어찌 겁을 먹었기 때문이라 하시옵니까?”

안드라고라스는 청년의 마음에 상처를 주려는 것처럼 웃음을 지었다.

"활과 검보다도 어느 사이엔가 입이 더 능해진 것 아닌가, 다륜? 지리에 어두운 루시타니아 야만인들이 어떠한 함정을 펼쳐놓았다는 말인가?"

"그것까지는 알 수 없사오나, 루시타니아군 내부에 우리나라 사람이 있다면 더 이상 그들이 지리에 어둡다고 단언할 수는 없사옵니다."

왕은 젊은 마르단을 노려보았다. 측근들이 벌벌 떨 만큼 강렬한 안광이었으나 다륜은 두려워하지도 않고 시선을 정면으로 받아냈다.

"우리나라 백성이, 루시타니아 야만인들에게 힘을 보태준다고? 있을 수 없는 일이다."

"외람된 말씀이오나 있을 수 있는 일이옵니다. 학대를 받던 굴람이 도망쳤다면 복수를 위해서라도 루시타니아를 도와주고 있을지도 모르는 노릇이 아니옵니까?"

느닷없이 왕의 승마 채찍이 바람을 가르며 다륜의 갑옷 가슴께를 후려쳤다. 측근들이 흠칫 숨을 멈추었다.

"굴람이 어쨌다고?! 내 이제야 알겠다. 어쩐지 똑똑한 척 입을 놀린다 싶었더니, 나르사스 놈에게 쓸데없는 귀띔을 받고 온 게로구나. 그 고얀 놈은 왕궁에서 추방되어, 무관 문관을 막론하고 나의 왕궁에 속한 자와의 교류가 금지된 몸임을 잊었는가!"

"잊지 않았나이다, 폐하. 지난 3년 동안 나르사스와는 한 번도 만나지 않았사옵니다. 그가 저의 벗이기는 하오나……."

"그 고얀 놈이 벗이라고? 말 잘했다."

왕은 이를 갈았다. 분노가 일국의 왕으로서 갖추어야 할 분별을 앗아가버린 것 같았다. 왕은 채찍을 내팽개치더니 보석 장식이 박힌 검을 뽑았다. 측근들 중에서 기질이 약한 자가 살짝 비명을 질렀다. 다륜이 베이는 줄 알았겠지만 아무리 진노했더라도 그런 짓까지 저지르지는 않았다. 왕은 검을 내질러 다륜의 갑옷 왼쪽 가슴을 장식한 작은 황금 메달을 칼끝으로 날려버렸다. 그것은 사자의 머리를 본뜬 메달로, 에란과 마르즈반만이 착용할 수 있는 명예의 상징이었다.

"그대를 마르즈반에서 해임하노라! 마르단과 시르기르, 두 칭호를 거두지 않는 것만도 다행으로 여겨라."

다륜은 아무 말 없이 천막 안에 깔린 융단의 무늬에만 시선을 떨구고 있었으나, 무인의 명예에 부당한 상처를 입었다는 분노는 감출 길이 없어 갑옷과 함께 어깨를 떨었다. 안드라고라스 왕은 검을 칼집에 거두더니 가증스러워 견딜 수 없다는 투로 천막 출입구를 가리켰다.

"나가라. 두 번 다시 내 앞에 나타나지 마라."

천막 출입구가 흔들렸다. 다륜은 아직 그 자리를 뜨지 않았다. 왕의 손가락 끝에 모습을 나타낸 사람은 아르슬란 왕자와 두 중신이었다.

II

천막으로 들어오는 아들과 에란을 보고 안드라고라스 왕의 표정이 더욱 험악해졌다. 왕자와 중신들이 황급히 내방한 이유를 한순간에 깨달았던 것이다.

"아바마마……."

아르슬란의 목소리는 열 배의 성량을 지닌 보이지 않는 벽에 튕겨나고 말았다.

"부르지도 않았거늘 무엇하러 왔느냐. 너 따위가 나설 자리가 아니다. 썩 물러나 무훈을 세울 궁리나 하거라!"

나무라기보다는 내치는 것이나 다를 바 없는 말에 아르슬란은 반감을 품었다. 부왕父王의 말이 옳다고는 생각했다. 그렇다 해도 어째서 이런 식으로 말하는지가 의아했다. 아르슬란의 어머니 타흐미네 왕비에게는 다정함을 넘어서 어수룩하기까지 한 아버지가.

파르스군에는 샤오 안드라고라스 3세와 에란 바흐리즈 밑에 열두 명의 마르즈반이 있다. 삼, 쿠바드, 샤푸르, 가르샤스흐, 칼란, 키슈바드, 마누세르흐, 바흐만, 크샤에

타, 쿠르프, 하이르, 그리고 다륜이다. 이들 중 키슈바드와 바흐만은 동방국경의 수비를 맡았으며, 삼과 가르샤스흐는 엑바타나를 지키고, 나머지 여덟이 샤오와 에란을 따라 아트로파테네 회전에 참가했다. 이들이 각각 1만 기를 지휘하며, '아타나토이(불사대不死隊)'라 불리는 국왕친위대가 5천 기, 합계 8만 5000 기병이 보병과 함께 아트로파테네 평원에 진을 치고 있었다.

아르슬란은 왕태자이며 훗날 샤오가 되어 그들 모두의 위에 설 몸이다. 그러나 이럴 때의 직권은 신분과는 별개여서 그는 100명 정도의 기병을 맡은 하급사관일 뿐이었다. 물론 첫 출전인 이상 부하를 맡은 것만도 대단하다고 해야겠지만, 정확히는 부하라기보다 감독관이라 해야 하리라. 아무리 그래도 의견 한마디 정도는 들어주어도 좋을 것을…….

말을 잃은 아르슬란을 대신해 바흐리즈가 나섰다. 다만 그는 먼저 행동을 보였다. 성큼성큼 조카에게 다가가더니, 느닷없이, 가볍기는 했지만 조카의 생기 어린 뺨을 손바닥으로 후려쳤던 것이다.

"이 생각 없는 놈! 은혜로우신 폐하께 말대답을 하다니, 이게 무슨 짓이냐. 주제를 알아야지."

"백부님, 저는 딱히……."

반론하려던 입을 다시 한 번 얻어맞은 다륜은 크게 숨

을 들이마시더니, 묵묵히 샤오에게 깊이 고개를 숙였다. 에란 바흐리즈도 무릎을 꿇고 왕에게 예를 취했다.

"폐하, 사려가 부족한 조카를 대신하여 이 노물이 사죄드리옵나이다. 부디 자비를 베푸시어 조카의 죄를 용서하여 주시옵소서."

"그만 됐다, 바흐리즈."

왕은 대답하면서도 표정과 목소리에서 불쾌함을 감출 수 없었다. 노인이 조카를 질책하는 척하면서 사실은 교묘하게 감싸주었음을 간파한 것이다. 물론 이렇게 하여 안드라고라즈 왕의 명예도 지켜졌다. 이대로 두 사람이 격해진 감정을 부딪쳤다면 생각지 못한 파국이 찾아왔을지도 모른다.

"다륜!"

변함없이 고개를 숙이고 있던 젊은 기사에게 안드라고라스 왕은 호의라고는 한 점도 없는 목소리로 말했다.

"마르즈반에서 해임한다는 말은 번복하지 않겠다. 그러나 복직의 기회를 주마. 본진 수반 기사로서 이번 전투에 임하라. 무훈에 따라서는 죄를 씻을 수도 있을 터."

"……성은에 깊이 감사드리옵니다."

왕은 간신히 대답을 쥐어짜낸 다륜에게는 눈길도 주지 않고 천막 안쪽으로 들어가려다가, 뻣뻣이 서 있던 아르슬란에게 싸늘한 눈빛을 보냈다.

"아직도 있었느냐."

"즉시 나가겠나이다. 심려치 마시옵소서."

그 말 그대로 아르슬란은 곧장 천막에서 나갔다. 아버지도 불쾌했겠지만 그도 불쾌했다. 안드라고라스 왕은 분명 바흐리즈의 처지를 배려해주었건만, 왕태자인 자신도 조금 더 배려해줄 수 있지 않았겠는가.

뒤를 따라온 다륜이 황송해하며 긴 몸을 구부렸다.

"전하께 큰 폐를 끼쳤습니다. 용서해 주십시오."

"상관없네. 그대는 옳은 소리를 했으니. 그렇지 않나?"

"예. 칼란 공도 저와 같은 생각이었습니다. 딱히 끌어들이려는 생각은 없습니다만, 폐하께 충고를 드려봄이 어떻겠느냐고 말한 사람은 칼란 공이었습니다."

"그렇군."

아르슬란은 고개를 끄덕였으나 그의 관심은 이 전장에 없는 다른 인물에게 쏠려 있었다.

"다륜, 나르사스란 어떤 자인가?"

"저의 벗이며, 제가 아는 한 그만큼 지략이 뛰어난 자는 없습니다."

"아주 비뚤어진 놈이옵니다."

늙은 에란이 조카의 말을 한마디로 일축해버렸다. 다륜이 항의하는 시선을 보내며 말했다.

"백부님도 인정하지 않으셨습니까. 나르사스의 지략은

이 나라에서 으뜸이라고. 그 말씀은 거짓이셨습니까?"

"나는 성격 이야기를 한 게다. 머리 이야기를 한 게 아니라."

말다툼을 하는 백부와 조카를 말리며 아르슬란은 가벼운 부러움을 가슴에 품었다. 부왕과 자신도 이처럼 솔직하게, 그리고 따뜻하게 말을 나눌 수 있는 사이라면 얼마나 좋을까 하는 생각이 문득 들었기 때문이다. 끼어드는 것도 미안하게 여겨져 아르슬란은 혼자 기수를 돌렸다.

떠나가는 왕자의 뒷모습에 예를 취한 대장군은 다시 조카를 나무랐다.

"다륜, 간언을 하더라도 시기라는 게 있는 법이다. 폐하께서 기껏 너의 공적과 재능을 인정해 마르즈반에 임명해 주셨는데, 발탁을 스스로 내팽개치다니 생각이 너무 짧은 것 아니냐."

"그렇습니다. 간언에는 시기가 있지요. 진 다음에는 늦으니까요."

다륜은 왕이나 왕자에게 조심스러울 수밖에 없었던 만큼 백부에게는 한층 신랄했다.

"애초에 이 전투가 끝나고 제가 살아있으리란 법은 없습니다, 백부님. 유령이 되어 간언할 수 있을 만큼 저는 재주가 좋지 못하니……."

늙은 에란이 콧방귀를 뀌었다.

"망발을 지껄이는구나. 나르사스도 그랬지. 자신이 옳다고 생각하면 말버릇이 아주 밉살스러워졌다니까."

다륜은 무언가 할 말이 있는 눈치였으나 그래봤자 결국 백부에게 설복당하리라 생각했는지 입을 다물었다. 노인이 갑자기 화제를 바꾸었다.

"다륜, 내가 폐하께 에란 서임을 받은 후로 벌써 16년이 지났다."

"제가 태어났을 때는 이미 마르즈반이셨지요."

"그랬지. 그리 짧은 기간도 아니야. 보다시피 수염도 허옇게 물들었고."

"하지만 아직도 목소리는 크시고요."

"아부가 서툰 놈이로고. 뭐, 아무튼 나도 슬슬 젊은 놈들에게 자리를 양보해도 될 때라 생각해서 말이다."

다륜은 눈을 껌뻑였다. 백부의 말이 자꾸만 이리저리 튀다보니 영 따라가기가 힘들었다. 조카의 당혹감은 아랑곳하지 않고 노인은 지극히 조용한 어조로 말했다.

"파르스 왕국의 다음 에란은 너야. 나는 왕도를 맡으신 왕비마마께, 출전하면서 그 뜻을 밝히고 왔다."

다륜은 어이가 없어 백부를 바라보았다.

"고마운 말씀입니다만 그건 폐하의 뜻에 달린 일입니다. 하물며 오늘 같은 일이 있었으니 아무리 백부님께서 진언하신다 해도 폐하께서 받아들이실 리가 없을 텐데요."

"뭘. 받아들이실 게다. 너의 기량은 충분히 잘 알고 계시니까."

노인은 살짝 하품을 했다.

"한데, 다륜."

"예?"

이번에는 백부가 또 무슨 말을 꺼내는가 싶어 다륜은 자신도 모르게 긴장했다.

"아르슬란 전하를 오랜만에 뵙고, 전하의 존안을 어떻게 생각했느냐?"

"아주 좋으시더군요. 앞으로 2, 3년만 있으면 왕도의 좋은 집안 아가씨들이 온통 소란을 떨어댈 겁니다. 그런데 백부님……."

"왕자님의 존안이 폐하와 왕비마마 중 어느 분을 닮으신 것 같더냐?"

거듭되는 질문에 다륜은 약간 당혹스러워졌다. 얼굴의 미추美醜 따위 왕의 자격에 반드시 필요한 것도 아니거늘, 왜 백부는 이렇게나 집요하게 묻는단 말인가.

"글쎄요. 굳이 말하자면 왕비마마 쪽이 아니겠습니까?"

정확히 말하자면 아버지인 안드라고라스 3세와 더 닮

지 않았다고 생각했으나, 주군의 신하라는 의식은 그런 솔직한 감상을 입 밖으로 내보내지 않았다.

"그렇군. 폐하와는 닮지 않았단 말이지."

조카의 심정을 헤아린 에란은 고개를 끄덕였다. 부왕을 닮았다면 좀 더 선이 굵고 우락부락할 정도로 다부지며 정한한 인상이었을 것이다. 고개를 끄덕이며 에란은 이어서 말했다.

"아르슬란 전하께 충성을 맹세해 줄 수 있겠느냐, 다륜."

바로 조금 전까지 마르즈반이었던 젊은 전사는 놀라 백부를 돌아보았다. 국운을 건 전투를 앞두고 백부의 태도는 지나치게 의미심장했다.

"저는 늘 파르스 왕가에 충성을 다했습니다. 이제 와서 새삼스레 맹세라니……."

"전하 개인에게 말하는 거다, 다륜."

"알겠습니다. 백부님께서 그렇게 말씀하신다면."

"검에 걸고 맹세할 수 있겠느냐?"

"검에 걸고 맹세하겠습니다."

확고하게 말한 다륜은 날카롭고 야무진 얼굴에 쓴웃음을 머금었다. 백부가 다소 지나치게 집요한 것 아닌가 싶었다.

"뭣하면 서약서라도 써드릴까요, 백부님?"

"아니다. 네가 맹세해준다면 충분하다."

바흐리즈가 쓴웃음조차 짓지 않고 진지하기 이를 데 없는 표정으로 무겁게 말하니 다륜 또한 입살맞은 소리를 할 마음이 싹 사라졌다.

"너만은 아르슬란 전하의 편이 되어주었으면 하는 게다. 네가 일기당천의 전사라고 생각하기에."

"백부님……."

견디다 못해 다륜은 목소리를 높였다. 경애하는 숙부의 말이기에 받아들였지만, 그에게도 의구심을 풀 권리는 있지 않겠는가.

그때 안개를 가르고 뿔피리 소리가 그들의 귀를 때렸다. 전투가 시작되는 것이다. 바흐리즈는 나이가 느껴지지 않는 기세로 말을 몰아 본진을 향해 달려가기 시작해, 다륜은 결국 백부의 의도를 물어보지 못하고 말았다.

III

안드라고라스 왕은 천막에서 나와 말을 몰고 진두로 향했다. 이만큼 위엄과 품격으로 가득한 왕은 다른 나라에 존재하지 않으리라. 그들을 에워싼 신하들은 자랑스러워하지 않을 수 없었다. 대국 파르스의 왕이자 불패의 맹장으로 인근 뭇 국가의 왕후들에게 두려움의 대상이 되는 전성기의 사나이였다.

바흐리즈가 깊이 고개를 숙이고 보고했다.

"기병 8만 5000, 보병 13만 8000은 모두 전투준비를 갖추었나이다."

"적의 병력은 어느 정도인가."

늙은 에란은 칼란에게 눈짓을 했고, 정찰의 전권을 쥔 마르즈반이 공손히 왕의 물음에 답했다.

"어디까지나 추정이오나 기병은 2만 5000에서 3만, 보병은 8만에서 9만 정도일 것이옵니다. 그들이 마르얌 왕국에 상륙했을 때의 병력이 그 정도였나이다."

"잇따른 전투로 어느 정도는 숫자가 줄었으렷다."

왕은 고개를 끄덕이기는 했으나 약간 의외라는 투였다. 조금 더 정확하고 유용한 보고를 기대했던 것이다. 애초에 선진 정찰은 칼란이 자청했으며 그는 이제까지도 충분히 임무를 다했다. 그렇기에 이번에도 그에게 정찰의 전권을 맡겼는데, 평소에는 다륜이나 바흐리즈보다도 신중하며 차분하던 칼란이 이번에는 왕에게 매우 적극적인 태도를 보였다.

"그렇다 해도 이 안개에서는 적의 배치조차 보이지 않는구나."

"심려치 마시옵소서, 폐하. 당연히 적도 아군의 배치가 보이지 않을 것이옵니다. 조건이 같다면 아군의 승리를 의심할 필요는 없나이다."

칼란의 목소리는 힘으로 넘쳤다. 안드라고라스 왕은 고개를 끄덕였다. 20가즈(약 20미터) 정도 거리를 두고 말을 세운 바흐리즈가 약간 염려스러운 시선을 보냈으나 나직한 목소리로 나누는 대화는 노인의 귀에까지 들리지 않았다.

"전방에 적 출현!"

멀리서 들린 외침은 잇달아 연쇄하여 왕의 본진까지 이르렀다. 전령 기사가 나는 듯이 달려와 보고했다. 전방 8아마지(약 2천 미터) 정도 거리에서 적의 선두부대가 준동하고 있다는 것이다.

"전방이라 하면 바슈르 산으로 이어지는 방향이옵니다. 영웅왕 카이 호스로의 영께서 우리를 지켜주시나 봅니다. 그 방향에는 단층도 분지도 없는 바, 아무리 안개가 짙다 해도 말에 몸을 맡기고 직진할 수 있나이다."

칼란이 단언하자 안드라고라스 왕은 회심의 표정을 지었다. 다륜의 신중론을 일축했듯 그는 원래 적극공세형 맹장猛將이었다. 일직선으로 밀어붙이는 맹공이야말로 그가 바라 마지않던 것이었다. 다만 이 자리에 다륜이 있었다면 마치 왕을 부추기는 듯한 칼란의 모습에 수상하다는 생각을 품었으리라.

바람이 불어 안개가 흘러가려 했다. 아르슬란에게는

길조처럼 여겨졌다. 안개가 바람에 날아간다면 아트로파테네의 광대한 평원 전체를 내다볼 수 있다. 기병을 주력으로 삼은 대군에게는 유리할 것이다.

그러나 안개는 무거웠다. 일렁이기만 했을 뿐 평원에서 물러나려 하지는 않았다. 본진 끄트머리에서 부하도 없이 단기필마로 서 있는 다륜의 흑의가 하얀 안개 속에서 왕자의 인상에 남았다.

안드라고라스 왕의 우렁찬 목소리가 안개의 장막을 찢고 울려 퍼졌다.

"파르스의 역대 선왕들이시여! 성현왕聖賢王 잠시드, 영웅왕 카이 호스로를 비롯한 영령들이시여, 우리 군을 지켜주소서."

"……우리 군을 지켜주소서!"

본진의 기사들이 왕에게 화답하자 그 목소리는 멀리 떨어진 진영으로 파문을 그리며 퍼져갔다. 왕의 강인한 오른손이 올라갔다가 내려가자 함성이 터지며 파르스군은 돌격을 개시했다.

8만 기병이 돌격을 시작한 것이다. 말발굽 소리는 문자 그대로 지축을 흔드는 것 같았다.

질주하는 인마人馬의 좌우로 안개가 흘러갔다. 갑주가

절그럭절그럭 울리고, 전방으로 뻗은 도검이며 창에는 안개가 달라붙어 물방울로 번들거렸다.

이 기병집단의 돌격을 보면 적군은 싸우기도 전부터 공포와 패배감에 사로잡혀 쇄도하는 파르스군의 검과 창에 잡초보다도 덧없이 베여 쓰러질 것이다. 안개라 해도 쩌렁쩌렁 울려 퍼지는 말발굽 소리를 가로막을 수는 없었다. 모습이 보이지 않는 만큼 오히려 공포를 자극하리라.

파르스군은 안개 너머에서 승리를 보고 있었다. 그러나 그 환상은 느닷없이 끊어졌다. 대군의 전방에 있던 기사들은 말의 발밑에서 대지가 사라진 것을 깨달았다. 당혹감 섞인 외침이 터졌다. 고삐를 당겼으나 때는 이미 늦어, 그들은 낭떠러지에서 허공으로 내팽개쳐져 낙하했다.

제1열은 제2열에게 떠밀리고 제2열은 제3열에게 떠밀렸다. 인간과 말은 누가 더 큰 비명을 지르는지를 겨루는 듯했다.

거대한 단층이 그들 앞에서 입을 벌리고 있었던 것이다. 아트로파테네 평원에서도 가장 큰 단층이었다. 길이는 1파르상(약 5킬로미터)이 넘었으며 폭은 30가즈(약 30미터), 깊이는 5가즈에 이르렀다. 이 천연 해자 속으로 파르스군의 강인한 인마가 한데 겹치며 흙탕물을 튀겼다. 뼈가 부러져 발버둥 치고 있을 때 새로운 희생자가 위에서 떨어져 아래에 있던 사람을 짓뭉갰다. 광란이 파르스군을 에워쌌다. 간신히 일어난 자는 기이한 냄새를 맡았으며, 무릎까지 잠기는 끈적끈적한 액체가 기름이라는 사실을 깨달았다. 전율이 그들을 엄습했다.

"주의하라! 기름이다. 놈들이 우리에게 화공火攻을 쓰려 한다!"

외침이 가라앉기도 전에 불꽃의 벽이 하늘 높이 치솟았다. 불화살이 날아들었던 것이다. 미리 평원 곳곳에 뿌려놓았던 기름에도 동시에 불이 붙어 파르스군을 불꽃의 혀로 에워쌌다.

안개 속에서 수백이나 되는 화염의 고리가 이어졌다. 그 고리 하나하나가 수백 기의 파르스 기병을 에워싼 것이었다. 8만이 넘는 기병대가 행동의 자유와 통일성을 잃고 분단되었다. 그리고 불꽃의 고리는 안개의 두꺼운 장막 너머로도 루시타니아군에게 파르스 기병의 위치를 뚜렷이 드러내주었다. 한순간에 일어난 일이었다.

"워, 워!"

불에 놀라 미친 듯이 울부짖는 말을 파르스 기사들은 열심히 진정시키려 했다. 말 울음소리, 난잡한 말발굽소리, 기사들의 노성이 뒤섞인 가운데 새로운 소리가 더해졌다.

무수한 화살이 쏟아지는 소리였다.

파르스군의 지휘관들은 목이 터져라 회피 명령을 내렸다. 그러나 명령을 실행하기란 불가능했다. 전방에는 길이 1파르상이 넘는 장대한 불꽃의 벽이 전진을 가로막고 있다. 나머지 세 방향에서도 무한히 이어지는 것만 같은 불꽃의 고리가 행동의 자유를 빼앗았다. 불꽃의 벽 안에서 산 채로 불타 죽는 인마의 비명이 맥동하듯 들려왔다.

루시타니아군은 높이가 인간의 다섯 배나 되는 탑차塔車를 수백 대나 마련해 그 위에서 지상의 불꽃을 향해 화살을 난사했다. 행동의 자유를 잃은 상대에게 높은 곳에서 화살을 쏘는 것이다. 루시타니아 병사들에게는 신이 날 정도로 잘 맞았다. 일방적인 살육이 펼쳐져 불과 피로 붉게 물든 파르스 병사들의 군복이 녹색 풀밭을 뒤덮었다.

그러나 이윽고 불과 연기와 안개의 장막을 뚫고 파르스 기병 일부가 루시타니아군의 전면에 모습을 나타냈다. 어차피 죽을 거라면……. 그렇게 각오한 기병이 숙련된 기마술을 발휘해 불꽃의 벽을 뛰어넘었던 것이다. 실패한 자는 불 속에 굴러떨어져 산 채로 불덩어리가 되었다. 성공한 자도 대부분은 화상을 입었다. 인마가 함께 불덩어리가 되어 비틀비틀 나오기는 했지만 그대로 힘이 다해 쓰러지는 자들도 많았다.

주변 국가들에게 무적을 자랑하던 파르스의 기병대는 한데 겹쳐지며 지상에 쓰러져갔다. 마치 폭풍우에 휩쓸린 진흙인형의 무리처럼. 수만의 생명과 수만의 긍지와 일국의 역사가 화살비와 흰 안개 속에서 흙으로 돌아가려는 것 같았다. 아르슬란은 소매와 망토에 붙은 작은 불꽃을 손으로 털어 끄고 연기에 기침을 하며 외쳤다.

"아바마마! 다륜! 바흐리즈!"

어디서도 대답은 없었다.

화염의 포위망을 돌파한 파르스 기병대는 여전히 검을 내밀고 망토가 불에 타든 말든 아랑곳하지 않고 돌진했다. 루시타니아 기병들이 이에 맞섰다.

정면격돌은 일방적인 결과를 낳았다. 기마술에서도, 마상의 검기劍技에서도 루시타니아군은 파르스군의 적수가 되지 못했다. 파르스 기병의 칼날에 피를 빨아먹혀 루시타니아군은 문자 그대로 휩쓸려나갔다. 파르스군의 수의에 루시타니아군의 수의가 잇달아 겹쳐졌다.

"파르스군은 실로 강하군. 정면으로 맞붙었더라면 도저히 이기지 못했겠어."

삼중 방책과 해자에 에워싸인 루시타니아군의 진영에서 장군 몽페라토가 중얼거렸다. 그 곁에서 장군 보두앵이 고개를 끄덕였다. 한기를 느끼는 듯한 표정이 점차 승리로 다가가는 그들의 얼굴에 넘실거렸다.

그들 앞에서 잇달아 파르스 기병이 시체를 쌓아나갔다. 루시타니아 기병을 물리치고 베며 적진까지 쇄도해도 삼중 방책과 해자를 돌파할 수는 없었다. 멈춰 섰을 때 탑차에서 쏟아지는 화살비를 뒤집어쓰고 인마와 함께 쓰러져 숨이 끊어졌다.

겹겹이 쌓이는 시체가 방책의 높이까지 이르는 것은 아닐까 여겨졌을 때 루시타니아군의 나팔 소리가 드높이 울려 퍼졌다. 총반격 신호였다. 방책에 난 문이 활짝 열리고, 상처 하나 입지 않은 루시타니아군의 주력부대가 갑주의 홍수를 이루며 평원으로 밀려나갔다.

"칼란은 어디 있느냐?!"

노성을 터뜨리는 안드라고라스의 얼굴은 분노와 불안으로 딱딱했다. 전장에서 안드라고라스는 항상 자신감과 용기로 넘쳐났으며 이는 선왕 시절에 에란이 되어 바다흐샨 공국을 멸한 이후로 변함없이 이어져왔다. 하지만 그 확고함에 이날 처음으로 균열이 발생했다. 패배를 몰랐기에 한층 커다란 공포가 밀려들었다.

샤오의 노성에 칼란 휘하의 천기장千騎長이 목을 움츠렸다. 그는 왕과 칼란 사이의 연락을 원활히 하기 위해 본진에 상주하도록 명령을 받은 자였다.

"그, 그게, 마르즈반께서는 조금 전부터 보이지 않습니다. 소신들도 찾고 있사오나……."

"찾아내 끌고 오라! 놈을 발견하기 전까지는 짐의 앞에 나오지 마라!"

"……존명."

왕의 분노에 온몸을 얻어맞은 천기장은 애마를 몰아 달려나갔다. 이 모습을 눈으로 좇으며 안드라고라스는 분노의 신음성을 흘렸다. 전방에 단층 따위 없다고 보고해 전면공세를 부추긴 자는 칼란이었다. 그의 말을 따랐기에 이 참상이 벌어진 것이다.

"칼란 이놈, 배반한 것인가."

의혹에 찬 목소리를 들으며 바흐리즈는 왕에게 대답하지 않은 채 말을 움직여 본진 끄트머리로 다가갔다. 다륜이 돌아보았다. 안장머리에 걸어놓은 장창長槍을 붙든 손에 가벼운 조바심이 담겨 있었다.

"네가 나설 차례다, 다륜."

에란은 조카의 팔을 가볍게 잡았다.

"폐하는 내가 지키마. 너는 아르슬란 왕자님을 찾아라."

"왕자님의 모습이……?"

"돌격할 때 선두에 계셨다. 몹시 불안하구나. 이미 늦었을지도 모르겠다만 지켜드리거라. 폐하의 진노는 내가 받아내고 있을 테니."

"알겠습니다, 백부님. 엑바타나에서 다시 뵙지요."

인사를 하고 다륜은 흑마의 목을 손바닥으로 가볍게 두드려 방향을 바꾸었다. 두꺼운 안개의 천막 너머로 사라지는 조카의 모습을 늙은 에란은 가만히 지켜보았다.

IV

안개 속에서 검과 창이 번뜩였다. 여름철 구름 속을 가로지르는 번개와도 같았다. 게다가 곳곳에서 붉고 탁한 불꽃이 솟아나 타는 냄새와 열기를 뿜어냈다.

자신이 실은 용감하다기보다는 무모한 것이 아닐지, 젊은 흑의기사는 심각하게 의심하지 않을 수 없었다. 이 혼란스럽기 그지없는 광대한 전장에서 사람 하나를 찾으려 하고 있으니.

"아르슬란 전하! 어디 계십니까?!"

몇 번인가 소리를 질렀을 때, 다륜의 흑갑은 이미 루시타니아 병사가 뿜어낸 피로 점점이 물들어 있었다. 왕의 본진을 뜬 후로 루시타니아 병사 몇 명과 창을 나누었는지는 일일이 기억하지 않았다. 다만 그의 앞에서 세 합을 견뎌낸 자는 없었다.

좌우로 보내던 그의 시선이 한 점에 머물렀다. 100가즈(약 100미터) 정도 떨어진 곳에 낯익은 얼굴이 있었다. 마르즈반 칼란이었다. 다만 그의 표정이 낯설었다.

다륜이 다가오자 칼란은 말없이 한 손을 들었다. 주위의 기사들이 다륜에게 일제히 창을 향하며 자세를 잡았다. 다륜은 그들이 파르스가 아닌 루시타니아의 기사임을 알아차렸다.

"이게 어떻게 된 노릇입니까, 칼란 공."

묻기는 했으나 그때 이미 다륜은 칼란의 얼굴에서 말없는 대답을 발견했다. 칼란은 적과 아군을 오인한 것이 아니었다. 미친 것도 아니었다. 다륜이 다륜임을 알면서도 그는 루시타니아 기사들을 움직였다. 다륜은 크게 숨을 들이마셨다가 토해냈다.

"배신했구나, 칼란!"

"배신이 아닐세. 진정으로 파르스 왕국을 위한 길이라 생각했기에 안드라고라스를 옥좌에서 몰아내는 계획에 가담했지."

폐하라는 경칭조차 붙이지 않고 왕의 이름을 부른다. 다륜의 눈동자에 완전한 이해의 광채가 번뜩였다. 입에서는 신음소리가 흘러나왔다.

"그래, 이제야 알겠군. 전투가 시작되기 전에 폐하께 후퇴를 간언드리라 권했던 것은 내가 폐하의 역정을 사 마르즈반에서 해임되도록…… 노리고 한 짓이었구나."

높은 웃음소리가 대답했다.

"바로 그렇다네, 다륜. 자네는 그저 힘만 센 멍청이는 아니지. 그렇기에 1만이나 되는 기병을 지휘하도록 내버려둘 수는 없었네. 자네가 아무리 용맹하다 한들 단기로 전황을 좌우하지는 못할 테니 말일세."

다 이겼다는 듯 거들먹거리던 칼란의 혀가 멈추었다. 창을 든 다륜이 흑마를 몰아 돌진했기 때문이다.

칼란을 에워싼 루시타니아 기사 중 하나가 이에 호응하여 잡털 섞인 흰색 말을 몰았다. 파르스의 것과는 약간 형태가 다른, 중앙부에 챙이 달린 길고 큰 창을 다륜에게 내질렀다.

두 줄기의 번개가 스쳐 지나가는 것 같았다. 루시타니아 기사의 창은 다륜의 투구를 스치고 허공으로 흘러나갔으나 다륜의 창날은 상대의 목을 꿰뚫고 뒷머리에서 튀어나왔다. 기사는 자신의 몸을 꿰뚫은 창과 함께 지상으로 굴러 떨어졌다.

그때 이미 다륜은 장검을 뽑아 들고 있었다. 겨울철 이른 아침에 첫 햇살이 비쳐들듯 장검이 새하얗게 번뜩이자 다음 기사의 목이 투구와 함께 피의 꼬리를 끌며 허공으로 솟구쳤다.

"거기서 움직이지 마라, 칼란!"

지상에 있던 세 번째 기사를 베어 쓰러뜨리고 그 기세 그대로 검을 되돌려 네 번째를 피보라와 함께 안장 위에서 떨어뜨렸다. 마르얌 왕국을 겁화劫火로 멸망시켰던 루시타니아 기사들이 다륜의 검기 앞에서는 갓난아기처럼 무력했다. 기수를 잃은 말이 잇달아 미친 듯이 안개 속으로 달려 나갔다.

“폐하를 배신하고 나를 속인 이중의 죄를 지금 당장 갚게 해 주마!”

기수의 분노에 호응하듯 흑마가 드높이 울부짖으며 쏜살같이 칼란을 향해 달려들었다.

살아남은 루시타니아 기사들이 이 상황에서도 몸으로 다륜의 돌진을 가로막으려 했던 모습은 칭찬해 마땅하리라. 그러나 그들의 용기는 그들의 목숨을 대가로 요구했다. 다륜의 돌진은 속도를 전혀 늦추지 않았다. 칼란의 전방에서 검광이 교차하고 무시무시한 칼날 소리가 울려 퍼졌으며 새로운 피가 대지에 빨려 들어갔다. 이제 그와 다륜 사이에 사람이라고는 아무도 없었다. 그리고 칼란은 눈앞에서 보았다. 피에 젖은 장검이 그를 치고자 힘을 머금고 번쩍 올라가는 모습을.

칼란 또한 역전의 용사였으나, 다륜이 예상을 넘어설 정도로 용맹했으며 본인 또한 뒤가 켕겼기 때문에 동요한 모양이었다. 느닷없이 기수를 돌려 도망친 것이다. 다륜의 장검은 허공을 갈랐다.

소용돌이치는 안개 속에서 두 기사가 말을 달려 나갔

다. 왕을 배신하고도 마르즈반의 자리에 있던 자와, 왕에게 충성을 다했으면서도 마르즈반의 자리에서 쫓겨난 자가 한데 뒤엉키듯 평원 한쪽을 가로질렀다. 칼란은 도망치면서도 응전해 검으로 십여 합을 겨루었다. 이번 전투에서 다륜의 참격을 이만큼 버텨냈던 자는 없었다. 그러다 칼란의 말이 갑자기 앞다리를 꺾더니 기수를 지상으로 내팽개쳤다. 칼란의 손에서 검이 날아가고, 벌떡 일어난 그는 두 손으로 머리를 감싸면서 다륜을 향해 갈라진 목소리를 쥐어짜냈다.

"기다리게, 다륜. 내 말을 들어줘!"

"이제 와서 무슨 변명을 하려고."

"기다려보게. 사정을 알면 자네도 내 행위를 책망하지는 못할 게야. 내 말을 들어……."

다륜은 검을 수평으로 번뜩였다. 칼란을 베기 위해서가 아니었다. 자신을 노리고 날아든 화살 몇 발을 날려버리기 위해서였다. 짧지만 격렬한 화살의 소나기가 멎었을 때, 다륜은 루시타니아의 궁전대弓箭隊 대열을 향해 뛰어가는 칼란의 뒷모습을 보았다. 50기는 될 법한, 활시위에 새 화살을 메기며 전진해오는 적을 본 다륜은 추격을 단념하고 기수를 돌렸다. 자신을 타일렀다.

"놈은 언제든 죽일 수 있다."

그에게는 백부에게서 부여받은 중대한 사명이 있다.

아르슬란 왕자를 난전 속에서 구출해 엑바타나로 귀환시켜야만 한다. 한때의 열광에 사로잡혀 이런 데서 죽을 수는 없다.

그 자리를 벗어나려는 다륜의 등을 향해 수십 발의 화살이 날아들었지만 명중하지는 않았다. 칼란을 복수자의 손에서 구출하면서 루시타니아 궁전대는 이미 임무를 다했다.

V

샤오와 달리 에란 바흐리즈에게는 패전의 경험이 있다. 늙은 무인은 뻣뻣하게 굳은 표정을 짓고 있는 안드라고라스에게 속삭였다.

"폐하, 이제 이 전투에 승산은 없사옵니다. 병사를 거두어 주시옵소서."

에란을 노려보며 왕은 노성을 터뜨렸다.

"파르스의 샤오이며 대륙공로大陸公路의 수호자인 짐이 경솔하게 도망칠 수 있겠는가! 무인의 수치로다!"

"폐하, 잊으셨나이까? 몇 년 전 미스르의 대군이 침입했을 때, 왕도의 성벽에서 마침내 그들을 격퇴했던 사실을. 내일의 승리를 위해 오늘의 수치를 인내하여 주시옵소서."

엑바타나에는 아직도 기병 2만과 보병 4만 5천이 있으며 국내 각지에도 기병 2만과 12만 남짓한 보병이 남았다. 여기에 패잔병을 더해 군을 재편성한다면 아직 충분히 루시타니아에게 대항할 수 있을 것이다.

안드라고라스 왕 또한 용병가인 만큼 그 정도 계산은 충분히 할 수 있었다. 그러나 그에게는 일국의 왕일 뿐만 아니라 대륙공로의 수호자라는 긍지도 있었다.

대륙공로. 파르스 왕국을 중간 지점으로 삼아 동서로 800파르상(약 4천 킬로미터)씩 뻗어나가 광대하기 그지없는 대륙의 끝과 끝을 이어주는 교역로. 그 교역로와 그 곳을 지나는 대상隊商은 파르스 왕의 보호를 받아 왕에게 통행세를 지불하고 파르스의 번영을 지탱해준다. 이 또한 불패의 강병이 있기에 가능한 것이 아니었던가.

노장군은 샤오를 계속 설득했다. 왕의 저항은 왕비 타흐미네의 이름을 들었을 때에야 멈추었다.

"왕도를 수호하고 계실 왕비마마를 적의 손에 넘기시겠습니까?"

그 말을 들은 안드라고라스는 퇴각을 결의하고 행동에 옮겼다. 다만 모든 병사를 이끌고 움직인 것은 아니었다.

"국왕이 도망쳤다! 안드라고라스 3세가 도망쳤다!"

혼란과 유혈 속에서 그 목소리는 열풍과도 같은 속도로 전장을 휩쓸었다. 칼란의 부하들이 안드라고라스 왕의 동태를 감시했던 것이다. 고전을 면치 못했던 파르스군의 사기는 눈에 띄게 떨어졌다.

"우리가 목숨을 걸고 싸우는데 군을 통솔하는 샤오가 도망치다니. 파르스의 군기軍旗는 진흙탕에 떨어졌구나. 다시는 돌이킬 수 없을 것이다."

마르즈반 중 하나인 샤푸르가 피와 진흙에 더럽혀진 투구를 벗어 대지에 내팽개쳤다. 그래도 그는 왕에 대한 경의를 잃지는 않았으나 더 과격하게 실망을 표명한 자도 있었다.

"다 때려치워! 이젠 누구를 위해 싸우라고. 부하를 죄다 버리고 도망치는 군주에게 바칠 목숨이 어디 있어?"

애꾸눈 쿠바드는 대검을 휘둘러 칼에 묻은 피를 털어내며 부하들에게 고함을 질렀다. 부하들은 당황과 불안에 물든 얼굴을 서로 마주 보았다.

"쿠바드! 무슨 소리를 하는 겐가."

말을 몰아 달려온 샤푸르가 외쳤다.

"마르즈반인 그대가 병사들에게 싸움을 관두도록 부추기다니! 왕은 왕, 우리는 우리의 책무가 있는 것 아닌가."

"국가를 지키는 건 우선 왕의 의무지. 그게 있어야 왕은 왕으로서 권위를 가지는 거야. 이제 왕은 왕이라 할 수 없고, 우리도 마찬가지 아닐까? 그대도 지금 투구를 내팽개치며 화를 내지 않았나?"

"아, 아니, 조금 전에는 내가 경솔했네. 내 생각에 폐하는 도망치신 것이 아니야. 엑바타나에 돌아가 다시 싸우고자 하신 것이지. 그대가 신하 된 몸으로서 이 이상 샤오를 모멸한다면 같은 편이라 해도 용서치 않겠네."

"흐응, 재미있는데. 어떻게 용서치 않겠다는 거지?"

쿠바드는 하나뿐인 눈을 가늘게 떴다.

마르즈반 중에서 쿠바드는 다륜, 키슈바드 다음으로 젊어 서른한 살이다. 이목구비가 뚜렷한 얼굴에 한일자로 감긴 왼쪽 눈이 인상적이다. 말할 것도 없이 용맹하면서도 용병에 뛰어난 전사지만 궁정 일각에서는 그의 무훈과는 상관없이 좋지 못한 평판이 돌았다. 그 이유는 허풍을 떠는 버릇이 있기 때문이다. 본인은 왼쪽 눈을 잃은 이유가 멀리 변경의 카프 산에 사는 삼두룡三頭龍 아지다하카와 싸워 입은 것이라고 주장했다.

"그 대신 나도 용의 머리 셋에 달린 눈을 하나씩 없앴으니 지금쯤 삼두룡은 삼안룡三眼龍이 됐을걸."

하지만 농담을 이해하지 못하는 사람들은 경망스럽다고 눈살을 찡그리기도 했다.

샤푸르는 서른여섯 살이며 쿠바드와는 정반대로 지극히 딱딱하고 점잖은 사내였다. 본인들도 이를 의식하는지 열두 마르즈반이 정렬할 때는 끝과 끝에 선다는 소문이 있다.

아무튼 지금은 유례를 찾아보기 힘든 무용담을 자랑하는 마르즈반끼리 칼자루에 손을 대고 서로를 노려보는 상황이었다. 파르스 기병들은 모두 놀랐으나 살기가 임계점에 달하기 직전에 고함 소리가 들렸다.

"적이다!"

루시타니아 기병의 무리가 다가오는 모습을 보고 쿠바드가 말머리를 돌렸다.

"도망치려는 겐가, 쿠바드!"

힐책에 애꾸는 마르즈반은 혀를 찼다.

"그러고 싶은 기분이지만, 저 적군을 해치우지 못하면 퇴로도 만들 수 없거든. 놈들을 정리한 다음 신하 된 자의 책무에 대해 그대하고 천천히 얘기를 좀 해봐야겠어."

"좋아. 나중에 가서 잊어버렸다고 하기 없네."

날카롭게 한번 노려본 샤푸르는 자신의 부하들을 지휘하기 위해 달려갔다.

"절대 안 잊어버리지. 훗날이란 게 온다면야."

농담인지 진담인지 알 수 없는 어조로 중얼거리더니 쿠바드는 자신의 부하들 쪽을 돌아보았다.

"어디, 아직 천 기는 남았나? 이만큼 있으면 뭐가 돼도 되겠지. 별종들은 나를 따르도록."

전장을 이탈하려던 안드라고라스 일행의 의도는 미르발란 강의 흐름을 따라 이어진 가느다란 길에서 벽에 부딪쳤다. 검과 창이 부딪치는 소리가 멀어져 전장을 이탈했으리라 생각했을 때, 날아든 화살이 한 기사의 안면에 꽂혔던 것이다. 말 위에서 굴러떨어진 기사는 비명을 질렀고, 이를 신호 삼아 마치 메뚜기 떼 같은 소리와 함께 화살비가 쏟아졌다. 매복이었다.

왕과 에란의 좌우에서 사람과 말이 힘없는 돌기둥처럼 쓰러져나갔다. 왕의 몸에도 에란의 몸에도 화살이 박혀 갑주를 꿰뚫고 살점을 도려냈다.

화살비가 그쳤을 때, 왕과 에란의 주위에 산 자의 모습은 없었다. 다만 한 기사가 왕과 에란 앞에 말을 타고 서 있었다. 군장軍裝은 루시타니아가 아닌 파르스의 것이었지만 한 가지가 왕과 에란의 시선을 빼앗았다.

그것은 은색 가면이었다. 두 눈과 입 부분에만 가늘고 긴 구멍이 뚫려 있다. 그리고 두 눈의 구멍에서는 용맹하면서도 싸늘한 빛이 새나왔다.

밝은 태양 아래에서 그 모습을 보았더라면 샤오도 에란도 웃음소리를 냈으리라. 은색 가면은 지나치게 연극적인 인상을 띠어 현실성이 없었기 때문이었다.

그러나 회백색 안개가 햇빛을 차단하여 모든 광경이 세리카의 수묵화처럼 거무스름하게 잠긴 풍경 속에서 그 가면은 이 세상의 흉사凶事를 모조리 긁어모아 얼려 놓은 것처럼 여겨졌다.

"수치도 모르고 부하를 버린 채 도망쳤느냐, 안드라고라스. 네놈이 저지를 만한 짓이로구나."

입 부분에 뚫린 구멍에서 파르스어語가 흘러나왔다. 그 목소리에는 듣는 이의 마음을 싸늘하게 식혀버리는 어조가 있었다.

"폐하, 몸을 피하시옵소서. 이곳은 이 노물이 막고 있을 터이니……."

다섯 자루의 화살이 박힌 채 바흐리즈가 장검을 칼집에서 뽑더니 은가면을 쓴 사내 앞으로 말을 몰아 왕의 앞을 가로막았다.

은가면은 두 눈에서 무시무시한 빛을 뿜어냈다. 분노와 증오가 번뜩였다.

"패잔병 늙은이 주제에 나서지 마라!"

벼락과도 같은 노성과 동시에 장검이 새하얗게 번뜩여 에란의 머리를 일격에 박살냈다.

부상을 입었으며 늙었다고는 하나 한 나라의 대장군인 바흐리즈를, 반격조차 허용하지 않고 단칼에 참살한 것이다. 숨을 멈출 만한 검기였다.

안드라고라스 왕은 늙은 충신의 육체가 무겁게 지면으로 떨어지는 모습을 넋 나간 듯 바라보았다. 저항의 수

단을 잃은 왕은 진흙인형 같은 무력함으로 안장에 앉아 있을 뿐이었다.

"죽이지는 않겠다."

은가면의 목소리가 떨렸다. 물론 공포 탓은 아니다. 억제하기 힘든 격정이 사내의 목소리에 물결을 일으킨 것이었다. 바흐리즈를 대했을 때와는 비교도 할 수 없었다.

"죽이지는 않겠다. 16년 동안 이날이 오기를 고대하였다. 쉽게 편안함을 줄 것 같으냐."

사내가 손짓을 하자 대여섯 명의 기사가 안드라고라스 왕을 말 위에서 끌어내렸다. 화살에 입은 상처가 격통을 호소했으나 왕은 꾹 참았다.

"너는 웬 놈이냐……?"

굵은 가죽끈에 갑옷째 묶이면서 안드라고라스는 나직하게 신음했다.

"곧 알게 될 것이다. 곧 알게 해 주마. 혹시 이만한 증오를 받고도 상대가 누구인지 모를 만큼 악업을 거듭했던 게냐, 안드라고라스?"

말 속에 금속이 마찰하는 듯 불쾌한 소리가 섞였다. 이를 가는 소리였다. 은가면은 이와 이 사이로 오랫동안 숨을 죽이며 살아왔던 하루하루를 짓이겨 부수는 듯했다.

그 모습을 본 부하들의 표정에 오한의 빛이 흐르는 것을 알아차리고 은가면은 말없이 기수를 돌렸다. 포로가 된 안드라고라스 왕을 에워싸고, 일행은 들끓는 승리의 기쁨이 아닌 음산한 침묵 속에서 강가의 가느다란 길을 따라 나아갔다.

VI

안드라고라스 왕이 떠난 전장에서는 여전히 유혈이 이어졌다. 평원 곳곳에서 일어난 불길은 쇠할 줄을 몰랐으며 연기만이 아니라 바람까지도 낳아 안개가 무질서하게 소용돌이쳤다. 원래 파르스는 태양빛과 맑은 공기의 은총을 누리는 토지였는데, 날씨마저 이 나라를 저버리는 것 같았다.

기세를 탄 루시타니아군은 공격과 살육을 되풀이했으며, 파르스군은 이제 왕을 위해서가 아니라 자기 자신의 목숨과 명예를 위해 저항하고 있었다. 이 상황에서는 허무한 소리라고는 해도 파르스 기병은 강했다. 루시타니아군은 이기면서도 피해를 입을 수밖에 없었다. 견고한 방벽에서 나와 공세로 전환한 후로는 루시타니아군의 전사자 수가 파르스군의 전사자 수를 웃돌 정도였다. 다륜 혼자 루시타니아군의 증오를 절반쯤 떠맡아도 될 정도였다. 피와 불꽃 속에서 그는 마르즈반 쿠바드가 이끄는 부대와 마주쳐, 서로의 무사를 축하하는 인사를 적당히 나누고는 질문을 건넸다.

"아르슬란 전하를 보지 못했습니까, 쿠바드 공?"

"왕자님? 모르겠는데."

무뚝뚝하게 대답한 쿠바드는 다시 젊은 기사를 보며 의아하다는 투로 고개를 갸웃했다.

"자네 부대는 어디로 갔나? 1만 기가 모조리 전사한 겐가?"

"지금 저는 마르즈반이 아닙니다."

다륜의 기분은 씁쓸했다. 쿠바드는 무언가 묻고 싶은 눈치였으나 그런 말은 입 밖에 내지 않고, 자신들과 동행해 전장을 탈출하도록 권했다.

"말씀은 고맙습니다만 백부님과 약속한 것이 있습니다. 아르슬란 전하를 찾아야만 합니다."

"그러면 내 부하 백 기 정도를 데리고 가게."

쿠바드의 호의를 사양하며 다륜은 다시 단기로 달려나갔다. 1만 기라면 모를까, 100기로는 적의 눈길만 끌 테니 오히려 위험하다. 데리고 갔다간 아까운 병사만 잃을 것이다.

강풍이 차츰 안개를 밀어내기 시작하니 전장의 양상이 눈에 드러났다. 들판 곳곳에 시체가 있고, 그 들판조차

피에 물들었다. 후각이 피와 연기와 땀 냄새에 마비되었음을 알아차렸지만 다륜 자신의 노력으로 어떻게 될 문제도 아니었다.

앞길에 루시타니아 기사 5기가 출현한 것도 그가 바란 결과는 아니었다. 가능하다면 무시하고 지나갔으면 하는 상황이었지만 상대는 신이 난 모양이었다. 사실 5대 1이 아닌가. 가지고 놀기 딱 좋은 장난감이라고 생각했으리라.

"파르스의 패잔병이 괴롭혀주길 간절히 바라며 얼쩡거리는군. 갈 데도 없는 모양이니 우리가 길을 안내해주자고."

다륜은 알아들을 수 없었지만, 루시타니아어로 조롱과 함께 숙덕거리더니 5기의 기사는 창을 나란히 겨누고 다륜 쪽으로 말을 몰았다.

그 기사들에게는 생애 최후의 액일厄日이 되었다. 다륜의 검이 그들을 위해 천국으로 가는 지름길을 열어준 것이다.

네 번째 기사를 피안개 속에 거꾸러뜨렸을 때 다륜은 마지막 한 사람이 검을 내팽개치고 도망치는 모습을 시야 한구석으로 보았으나 쫓아가려 하지는 않았다. 기수를 잃은 말이 우왕좌왕하는 가운데, 피에 젖은 부상자를 안장에 묶어놓은 말 한 마리가 눈에 뜨였다. 파르스 기사 중 한 사람이 포로가 되었던 것이다.

그곳으로 달려가 말에서 뛰어내린 다륜은 기사를 묶은 가죽끈을 검으로 끊었다.

이름은 모르지만 얼굴은 기억이 났다. 마르즈반 샤푸르 밑에서 천기장을 맡았던 자였다. 다륜이 안장에서 가죽 물통을 풀어선 피와 진흙에 찌든 얼굴에 물을 끼얹어주자 사내는 나직한 신음소리를 내며 눈을 떴다.

중상자에게서 다륜은 아르슬란 왕자의 행방을 알아낼 수 있었다. 불과 연기의 포위망을 돌파해 얼마 안 되는 기사들의 보호를 받으며 동쪽 방향으로 달려갔다는 것이다. 또한 사내는 고통에 허덕이며 말을 이었다.

"마르즈반 중 마누세르흐 공과 하이르 공은 이미 전사하셨습니다. 저희 부대 마르즈반 샤푸르 공도 화살과 불에 중상을 입으셨으니, 과연 살아계실지 어떨지……."

전우들의 비보에 다륜은 마음이 아팠으나 그의 임무는 아직 끝나지 않았다. 다륜은 사내를 말안장에 바르게 앉히고 고삐를 들려주었다.

"안전한 곳까지 바래다주고 싶네만 나는 에란의 명령으로 아르슬란 왕태자 전하를 찾아야만 하네. 어떻게든 자네 혼자 도망쳐주게."

부상자가 말을 타면 체력을 현저히 소모한다. 그렇다 해도 전장에 방치해둘 수는 없다. 루시타니아군은 적의 부상자를 하나도 남김없이 끔찍하게 죽인다. 그것이 그들의 신에 대한 신앙의 증거라고 들은 적이 있다.

천기장과 헤어져 백 가즈 정도 달려갔을 때, 어떤 충동에 휩싸인 다륜은 뒤를 돌아보았다. 사내의 말은 주인을 태우지 않은 채 긴 목을 뻗어 지상에 웅크린 물체를 코끝으로 구슬피 건드리고 있었다. 다륜은 한숨을 쉬고는 더 이상 돌아보지 않고 동쪽으로 달려갔다.

아르슬란의 주위에 아군 병사는 한 명도 없었다. 원래부터 부왕에게 많은 병사를 받지는 않았다. 독립 행동을 허락받은 것이 그나마 위안이었지만 아버지가 처음 전장에 나갔을 때는 5천 기를 지휘했다는데 아르슬란에게 주어진 것은 1백 기뿐이었다. 그렇다면 무훈을 세워 실력으로 대군을 맡을 수 있는 지위에 오르고 말리라. 하지만 그것도 생각뿐, 지금 그는 혼전과 화염 속에서 부하를 모조리 잃고 말았다. 절반은 전사했으며 절반은 뿔뿔이 흩어졌다. 망토는 불에 타고 창은 부러지고 말은 지쳤다. 온몸 구석구석이 쑤셨다. 목숨이 붙어 있는 것이 숫제 신기할 지경이었다. 아르슬란은 한숨을 쉬며 창을 내팽개쳤다.

그때 루시타니아 기사 1기가 창을 쳐들고 말을 몰아

달려왔다. 일국의 왕자답게 아르슬란은 온몸을 긴장하며 검을 뽑아 맞섰다.

첫 격돌 후 아르슬란 자신보다도 말이 힘이 다해 결국 옆으로 쓰러지고 말았다. 아르슬란은 지상에서 몸을 한 바퀴 굴려 일어나, 적의 기사가 말 위에서 내지른 창날을 검으로 쳐 잘라버렸다. 아르스란 자신도 놀랐다. 이런 일을 할 수 있으리라고는 생각도 못했지만 스스로 자기 생명을 구한 것은 사실이었다.

기사는 단순한 막대기로 변한 창을 내팽개치고 검을 뽑았다.

기사의 입에서 약간 서툰 파르스어가 튀어나왔다. 파르스어는 대륙공로의 공용어이므로 이국인 중에서도 교양이 있는 자는 어느 정도 대화가 가능하다.

"칭찬해주마, 꼬마야. 앞으로 다섯 살만 더 먹으면 파르스 전역에 이름을 떨칠 검사가 되었을지도 모르겠구나. 그러나 안됐다만 너도 파르스도 오늘로 끝난다. 나머지 수업은 네놈들 이교도들과 함께 지옥에서 받거라!"

조롱에 이어 강렬한 참격이 날아들었다. 비스듬히 짓쳐드는 검을 아르슬란은 간신히 튕겨냈지만 손바닥에서 어깨까지 치고 올라오는 충격은 작지 않았다. 그것이 채 가시기도 전에 두 번째 공격이 날아들었다. 오른쪽, 왼쪽, 오른쪽, 왼쪽. 검광이 번뜩일 때마다 거의 본능과 반사신경만으로 아르슬란은 이를 막아냈다.

말 위의 적을 지상에서 맞서 싸우는 불리함을 고려하면 아르슬란의 선전은 기적에 가까웠다. 루시타니아 기사는 믿던 신에게 불신감을 품었을지도 모른다. 그는 명백한 분노가 묻어나는 고함을 지르더니 느닷없이 말을 우뚝 세웠다. 말발굽으로 아르슬란을 짓밟아버리려는 것이다. 때마침 아르슬란이 비틀거리며 옆으로 쓰러졌기 때문에 기사는 성공을 확신했다. 다음 순간 말은 대지를 내리쳤고, 기사의 목은 아르슬란이 던진 검에 꿰뚫렸다.

아르슬란은 자신의 숨소리만을 들으며 한동안 땅바닥에 주저앉아 있었다. 빠른 속도로 접근하는 말발굽 소리에 제정신을 차렸다. 소리가 들린 방향으로 시선을 돌리고, 그는 벌떡 일어나서 정신없이 두 손을 흔들었다.

"다륜! 다륜, 여기다!"

"오오, 전하! 무사하셨습니까."

흑마에서 뛰어내려 땅에 무릎을 꿇은 젊은 기사의 흑의군장이 아르슬란에게는 더할 나위 없이 믿음직스럽게 보였다. 다륜의 갑주는 말라붙은 피로 덧칠이 되어 얼마나 고생해 자신을 찾아왔는지 알 수 있었다.

"에란의 명령을 받들어 전하를 찾고 있었습니다."

"고맙다. 그런데 아바마마께서는 무사하신가?"

"백부님과 아타나토이가 함께 있으니 아마 무사히 전장을 이탈하셨을 것입니다."

다륜은 자기 자신의 불안을 억누르고 대답하는 한편.

"폐하야말로 전하의 안부를 걱정하셨습니다."

그런 거짓말을 했다. 왕자를 탈출시키기 위한 어쩔 수 없는 방편이었다. 맑은 밤하늘 같은 눈동자가 자신을 보자 다륜은 한순간 속으로 움찔했다.

"이 이상 전장에 머물러 계셔도 의미가 없습니다. 폐하의 마음에 보답하기 위해서라도 우선 자신의 안전을 생각해 주십시오."

"알았다. 하지만 왕도로 돌아가려면 다시 한 번 전장을 가로질러야만 하지. 그대의 무용으로도 그것은 무리가 아니겠는가."

그 점에 대해서는 다륜에게도 복안이 있었다.

"저의 벗 나르사스를 의지해보고자 합니다. 그는 바슈르 산에 은거하고 있습니다. 일단 그의 곁에 몸을 의탁하면서 기회를 틈타 왕도로 돌아갈 방법을 생각해 보는 것이 어떨는지요."

왕자는 고개를 갸웃했다.

"하지만 듣자 하니 나르사스는 아바마마와 갈등을 빚었다지 않나."

"예, 전하. 우리 군이 오늘 이 전투에서 승리했고 전하께서 승리자로서 만나고자 하셨다면 나르사스는 면회를 거절하였을 것입니다. 하지만, 다행이라고 말하기는 다소 저어되오나, 저희는 처참한 패잔병입니다."

"패잔병…… 음, 그렇지."

아르슬란의 목소리에 그늘이 지는 것도 무리는 아니었다.

"그렇기에 그는 저희를 거부하시 않을 것입니다. 백부님께서 말씀하셨듯, 비뚤어진 놈이기 때문이지요. 충분히 의지할 만합니다."

"하나, 다륜……."

소년의 목소리와 안광이 처음으로 격렬해졌다.

"전장에는 아직 우리 군의 병사들이 남아 있다. 그들을 버려두어도 되겠는가."

다륜의 얼굴이 침통해졌다.

"오늘은 이제 어쩔 도리가 없습니다. 훗날 복수전에 나서십시오. 살아야 원수도 갚을 수 있습니다."

"……."

아르슬란은 묵묵히 고개를 끄덕였다.

여전히 가실 줄을 모르는 안개와 급속히 밀려드는 황혼이 지상의 지배권을 다투었다. 그 덕에 아르슬란과 다륜은 루시타니아군의 추적에서 벗어나 바슈르 산계山系의 깊은 숲과 계곡 속으로 몸을 감출 수 있었다. 설령 집요하게 추적하려는 자가 있다 해도 다륜의 말발굽이 향한 곳마다 겹겹이 쌓인 시체의 수를 보면 겁을 먹지 않을 수 없었으리라. 이날 루시타니아군의 이름 있는 기사를 수없이 베어 쓰러뜨린 흑의의 파르스 기사는 루시타니아군에게 악몽의 한 조각이 되었다.

반달이 떠 평원에 끈덕지게 남은 안개를 비추었을 때 전투는 완전히 끝났다.

루시타니아군은 달빛 아래 드러난 한밤의 전장에서 중상을 입은 파르스 병사를 찾아내서는 저항도 도주도 불가능한 '이교도'를 죽이고 다녔다. 그들의 신과 그들의 성직자가 그렇게 하도록 명령했기 때문이다. 이교도는 '유일절대신'을 저버린 죄를 가장 잔혹한 죽음으로 속죄해야만 한다. 이교도에게 정을 베푸는 자도 신의 뜻을 저버린 자가 되어 죽은 후 지옥에 떨어진다. 피에 도취된 탓도 있어 루시타니아 병사들은 그들의 신 이알다바오트의 영광을 칭송하며 부상병의 목을 따고 심장을 도려냈다.

파르스력 320년 10월 16일, 이날 파르스는 아트로파테네 평원에서 기병 5만 3000명과 보병 7만 4000명이 전사하여 전체 국군의 절반 가까운 병력을 잃었다. 승자가 된 루시타니아군도 기병과 보병을 합쳐 5만 이상을 잃어, 그렇게나 유리한 상황을 만들고 완벽한 함정을 펼쳤음에도 타격이 심대한 데에 전율을 느꼈다. 물론 이처럼 명예로운 전사자들은 신의 영광에 목숨을 바친 순교자로 칭송을 받겠지만.

"신에 홀린 국왕, 성직자 주제에 살인을 좋아하는 천벌 받을 놈 덕에 이리도 많은 이들이 이국에 주검을 남기게 되었군."

"뭐 어떤가. 놈들은 천국에 갈 수 있고, 살아남은 우리는 이 풍요로운 파르스를 지배할 수 있잖나. 대륙공로와 은광銀鑛, 그리고 광대한 곡창지대를 말일세."

피에 물든 얼굴을 씻지도 않은 보두앵이 웃었으나 몽페라토는 언짢은 표정으로 그들의 국왕 이노켄티스 7세의 천막으로 말을 몰았다. 산 채로 심장이 도려져나가며 파르스 병사가 지른 단말마의 비명이 밤공기를 흔들어 몽페라토는 흠칫 몸을 떨었다. 얼마 전 그들이 멸망시킨 마르얌 왕국에서는 어린이와 갓난아기가 불 속에 던져졌다. 마르얌 왕국은 이교도의 국가가 아니라 루시타니아와 마찬가지로 이알다바오트 신을 섬겼는데도 루시타니아 왕의 교회수장권敎會首長權을 인정하지 않았기에 '신의 적'으로 간주되었던 것이다.

"그때의 비명이 아직도 귀에 달라붙어 떨어지질 않네.

이교도라고 해서 갓난아기를 죽인 자들에게, 신께서 축복을 내려주시려 할까."

그러나 보두앵은 듣지 못했다. 몽페라토의 음울함과는 전혀 다른 큰 목소리가 전방에서 울려 퍼져 그곳에 신경을 빼앗긴 탓이었다.

"파르스 왕을 포로로 잡았다!"

수백 명의 루시타니아 병사들이 똑같은 말을 노래하듯 외쳐대고 있었다.

제2장 바슈르 산

I

아트로파테네 회전에서 5년을 거슬러 올라간, 파르스력 315년의 일이었다. 투란, 신두라, 튀르크 3국은 동맹을 맺고 합계 50만 대군을 동원해 파르스 동방국경을 무너뜨리며 침입을 개시했다. 투란은 과거 몇 차례나 되는 전투에서 파르스와 승패를 되풀이했던 역사적인 적국이다. 신두라는 바다흐샨 공국이 멸망한 후 파르스와 직접 국경을 인접하게 되어 끊임없이 작은 분쟁을 벌였다. 튀르크는 파르스가 '대륙공로'에서 얻는 교역권과 징세권을 노리고 있었다.

각자 목적은 다르지만 파르스가 방해된다는 점에서는 이해가 일치해 투란은 동북쪽에서, 튀르크는 동쪽에서, 신두라는 동남쪽에서 미리 작전을 짠 대로 동시에 파르스를 침공한 것이다. 아무리 호용豪勇을 자랑하는 안드라고라스 왕이라 해도 침착할 수만은 없어, 국군을 총동원한 것과 동시에 국내 각지의 샤흐르다란(제후)들에게 사병을 이끌고 엑바타나로 집결하도록 명령했다.

제후들 중에서 북방 다르반드 내해에 인접한 다이람 지방의 영주 테오스는 왕의 오랜 벗으로, 기병 5천과 보병 3만을 이끌고 달려가겠노라 약속해 왕은 크게 기뻐했다.

한데 출진 직전, 테오스는 실수로 저택 계단에서 떨어지는 바람에 머리를 돌계단 모서리에 부딪쳐 죽고 말았다. 그 소식을 듣고 왕은 놀랐으나, 일단 테오스의 아들 나르사스에게 영주권 상속을 인정했다. 테오스가 죽었어도 그의 병력은 아쉬웠다.

이윽고 나르사스는 병력을 이끌고 엑바타나에 나타났다. 왕은 처음에는 기뻐했으며, 다음으로는 아연실색했고, 마지막에는 격노했다. 나르사스가 이끌고 온 병력은 기병 2천, 보병 5천밖에 안 됐기 때문이었다. 기대가 엇나갔다는 말은 바로 이럴 때 쓰는 것이었다.

"어찌 더 많은 병력을 이끌고 오지 않았는가. 그대의 아비는 짐과 약속했느니라."

"황송하옵니다."

담담히, 당시 스물한 살이던 젊은 영주는 고개를 숙였

다. 왕은 간신히 노성을 억제했다.

"물론 황송하겠지. 짐은 이유를 묻는 것이다."

"사실은 저희 가문의 굴람을 모두 해방하였사옵니다."

"뭐야……?!"

"폐하께서도 아시다시피 보병은 굴람인지라 보병이 모두 사라졌나이다. 월급을 줄 테니 와 달라고 부탁을 하여 간신히 5천 명이 모여준 바, 이를 데리고 왔나이다."

"하면 기병의 수가 적은 이유는 무엇이냐."

"어이가 없다며 제 곁을 떠나갔나이다. 무리도 아니라 생각하옵니다."

말투는 정중했으나 부끄러워하는 기색도 없이 태연했다.

"그야말로 무리도 아니로다. 그들의 기분이 참으로 절절히 느껴지는군."

원래 안드라고라스는 성질이 급하고 완고한 사람이다. 실망과 불만을 다부진 온몸으로 뿜어내며 이를 두 눈에 집중시켜 나르사스를 노려보았으나, 역전의 용사들도 겁을 먹을 왕의 안광을 젊은이는 태연히 받아냈다. 그뿐이랴, 제정신이라고는 생각할 수 없는 말을 내뱉기까지 했다.

"하오나 만일 폐하께서 바라신다면 저의 책략으로 3개국 동맹군을 물리쳐 보이겠나이다."

"큰소리를 치는구나. 어디, 병사가 한 십만 명쯤 필요하다고 할 테냐?"
"한 명도 필요 없나이다. 다소의 말미만 주신다면."
"말미라고?"
"그렇사옵니다. 닷새의 말미를 주신다면 그들을 국경 밖으로 쫓아내겠나이다. 물론 마지막에는 폐하의 무력이 필요할 것이옵니다."
안드라고라스는 젊은이의 제안을 허락했다. 신용했다기보다는 오히려 실패했을 때의 낯짝을 보고 싶었기 때문이었다.
젊은이는 열 명 정도의 부하와 함께 진영에서 모습을 감추었다. 많은 이들이 도망쳤으리라고 수군거렸다. 안드라고라스도 그렇게 생각하고 다이람 지방을 몰수해 왕실 직할령으로 삼고자 결심을 굳혔다. 한데 나르사스는 사흘 후에 불쑥 돌아와서는 왕에게 청했다. 3개국 동맹군의 포로들 중 신두라 포로들의 처분을 맡겨달라는 것이었다. 안드라고라스는 이것도 허가했다.
"기왕 한번 밀어붙인 일은 끝까지 저지르고 봐야 하는 법이옵니다."
에란 바흐리즈의 이러한 진언도 있었기 때문이었다.
나르사스는 2천 명의 신두라 포로를 맡아서는 그들을 모두 풀어주고 말았다. 힘들게 싸워 포로를 잡아왔던 장수들은 격노해 대체 무슨 속셈으로 그런 짓을 했는지 설명하라고 대들었다. 다륜이 말려도 듣질 않았다.

나르사스는 딴청만 피웠으므로, 노발대발한 천기장 중 한 명이 검을 뽑아 결투를 신청했다. 승부는 어이없이 끝났다. 문약文弱한 귀공자라고만 여겨졌던 나르사스가 다섯 합도 안 되어 상대의 검을 쳐 떨어뜨렸던 것이다. 압도당한 장군들에게 나르사스가 호통을 쳤다.

"지금이 집안싸움이나 할 때인가! 오늘 밤 안으로라도 튀르크 군이 신두라 군에게 공격을 가하고 투란 군은 튀르크 군을 습격할 것이다. 총공격 준비를 갖추지 않는다면 무훈을 세우고 싶어도 그러지 못할 텐데!"

바흐리즈와 당시 막 천기장에 임명되었던 다륜만이 이를 믿었다.

예언은 멋들어지게 적중하여 그날 밤 3개국 동맹군은 격렬한 내부분열을 일으켰다. 이를 틈타 파르스군은 적을 몰아냈으며, 다륜은 투란 왕의 동생을 단칼에 베어 말 위에서 떨어뜨리는 무훈을 세웠다.

다륜에게 칭송을 받은 나르사스는 웃으며 대답했다.

"뭐, 간단한 일이었네. 때로는 한마디 유언비어가 십만 병사를 능가하는 법이지."

나르사스는 사흘 동안 자기 자신과 그의 병사를 동원해 유언비어를 퍼뜨렸던 것이다. 튀르크 군에게는 이렇게 말했다.

"신두라 군은 배신해 파르스군과 내통하고 있다. 그 증거로 하루이틀 안에 신두라 군의 포로들은 모두 풀려날 것이다."

한편 투란 군에게는 이렇게 말했다.

"튀르크 군은 사실 파르스군과 결탁했다. 조만간 신두라 군을 급습할 것이며, 신두라 군이 파르스군과 내통하고 있다는 명분을 내세울 것이다. 믿어서는 안 된다."

또한 풀어준 신두라 군 포로들에게는 이렇게 말했다.

"사실 우리 샤오와 너희 신두라 왕 사이에는 이미 강화講和를 맺기로 이야기가 다 되었다. 하지만 그 사실을 튀르크와 투란이 알아차리기 시작했다. 아군이라고 생각했던 자들에게 공격당하지 않도록 조심해라."

……이리하여 3개국 동맹군은 의심암귀에 사로잡혀 내부붕괴를 일으켰던 것이다.

아무튼 나르사스의 기발한 책략이 성공하여 3개국 동맹군이 자멸하고 파르스가 구원을 받은 것은 사실이었으므로 안드라고라스도 그에게 상을 내리지 않을 수 없었다. 정식으로 영지 상속을 인정하고 디나르(금화) 1만 닢을 하사하였으며 디비르(궁정서기관)로 임명했다. 사람들은 아마 장래에는 프라마타르(재상) 자리에까지 오르리라고 수군거렸다.

나르사스는 거북스러운 궁정 업무보다는 자신의 영지에서 내키는 대로 생활하기를 바랐지만 왕은 허락하지 않았다. 적어도 이때는 안드라고라스도 나르사스의 지략과 식견을 귀중히 여겼던 것이다. 어쩔 수 없이 나르사스는 왕도에 머물렀다.

2년은 그럭저럭 평온하게 흘러갔으며, 다륜은 무관으로서, 나르사스는 문관으로서 각자 이름을 떨쳤다.

그런데 파르스력 317년, 먼 동쪽의 세리카로 수호사절을 파견하면서 다륜이 호위대장으로 임명되었다. 세리카의 문화와 역사를 배웠던 나르사스는 벗을 매우 부러워하며 축하 연회를 베풀고 배웅해주었다.

그 무렵부터 안드라고라스 왕의 치세가 해이해지기 시작해, 관리나 신관이나 귀족의 부정부패가 눈에 뜨였다.

나르사스는 그때부터 이미 궁정 생활에 견디기 힘들어했던 듯했다. 그는 정치의 실상을 조사하고 안드라고라스 왕에게 온갖 개혁안을 제출했으나 제대로 받아들여지지는 않았다. 안드라고라스는 정치보다도 전쟁을 선호했으며, 현재까지 국고는 윤택하고 외적의 위험도 없었으므로 새삼스레 개혁을 일으켜 신관이나 귀족들을 적으로 돌릴 필요도 느끼지 못했다. 왕은 나르사스의 개혁안을 무시했으나, 얼마 지나지 않아 그를 내버려둘 수 없게 되었다. 신관들이 나르사스를 궁정에서 추방하도록 왕에게 청원을 올렸기 때문이었다.

나르사스는 신관들이 지위와 특권을 이용해 저질러온 온갖 부정행위를 조사하고 있었다. 신관은 세금을 내지 않아도 되며 죄를 저질러도 형리에게 체포당하지 않았다.

법을 어기고 농민에게 높은 이자로 돈을 빌려주었으며, 이를 갚지 못하면 토지를 빼앗았다. 카레즈(지하용수로)나 저수지를 독점해 사람들에게서 물값을 뜯었다. 거역하면 사병을 보내 불을 지르거나 목숨을 빼앗았으며 재산을 압류해 서로 나누어 가졌다. 사람들에게 파는 소금에 모래를 섞어 차액을 착복했다. 농민들이 직접 우물을 파면 독을 풀었다. 이러한 악행을 모조리 조사하고 증거를 확보한 나르사스는 신관들을 엄히 처벌할 것을 왕에게 요구했다.

분노한 신관들은 궁정에서 귀가하던 나르사스를 습격해 죽이려 했으나 실패했다. 여덟 명의 자객을 보냈는데도 나르사스 한 사람의 칼에 네 명이 목숨을 잃고 두 사람은 부상을 입었으며 나머지 둘은 간신히 줄행랑을 쳤던 것이다. 신관들은 즉시 방침을 바꾸어, 나르사스가 불법으로 사람을 해쳤다고 왕에게 호소했다. 나르사스는 마침 잘됐다고 생각했는지 궁정을 뛰쳐나와 영지로 돌아가고 말았다.

세리카에서 귀국한 다륜은 자신이 없는 동안 벗이 궁정에서 추방되었음을 알고 놀라는 한편 유감스러워했다. 그리고 언젠가 만나고 싶다고만 생각하면서 바람을 이루지는 못한 채 아트로파테네 회전에 이르렀던 것이다.

II

정적을 깨고 올빼미 울음소리가 울려 퍼지며 공기의 싸늘한 흐름을 살짝 흐트러뜨렸다.

"그 후로 나르사스는 만나지 못했나?"

아르슬란의 물음에 다륜은 고개를 끄덕였다. 한밤중의 산길이었다. 반달의 빛이 침엽수 가지 너머로 인간 두 사람과 말 두 마리를 은청색으로 비춰주었다.

"그렇다 해도 이유가 그것뿐이었다면 아바마마께서 그를 궁정에서 영원히 추방하셨다고는 생각하기 힘든걸. 달리 무슨 일이 있었던 것 아닌가?"

"실은 그랬습니다……."

다륜의 백부 바흐리즈 같은 이들의 표현을 빌자면 공연한 짓이었지만, 궁정을 뛰쳐나가면서 나르사스는 안드라고라스 왕에게 편지를 남기고 갔던 것이다. 나르사스는 부정을 횡행케 하는 정치의 양상을 비판하는 한편 신관들의 고리대금업을 금지할 것, 카레즈 관리를 농민

대표에게 맡길 것, 신분이 높고 낮음에 관계없이 법을 공정히 적용할 것 등등을 제안하고 마지막으로 이렇게 덧붙였다.

『폐하. 눈을 크게 뜨시고 널리 국정의 실상을 보시옵소서. 아름다운 것만이 아니라 추한 것도 직시할 수 있도록 노력하시기를 바라옵나이다.』

"크윽, 나르사스 이놈. 등용해준 짐의 은혜도 잊고 건방진 간언을 하다니!"

격노한 안드라고라스는 편지를 찢어발기며 나르사스를 쫓아가 잡아오라고 명령을 내렸으나 바흐리즈가 만류했고, 또한 나르사스가 다이람 영지를 반납했기 때문에 화를 가라앉혔다. 그래도 추방령은 철회하지 않았으며, 나르사스 자신도 오히려 이를 기뻐해 산장에 틀어박혀 그림을 그리거나 이국의 서적을 읽으며 평화롭게 지냈다…….

"나르사스는 그림을 좋아하는가?"

아르슬란은 별생각 없이 한 질문이었지만 다륜의 대답은 그리 단순하지 않았다.

"그야, 누구에게나 결점은 있는 법인지라."

의아해하는 왕자의 시선에 다륜이 덧붙였다. 진저리가 난다는 어조로.

"까놓고 말씀드리자면 그릴 줄도 모르는 주제에 좋아

합니다. 그자는 천체의 운행, 이국의 지리, 역사의 변화 등 무엇에든 해박하나 단 한 가지, 자신의 그림 솜씨에 대해서만은 예외라 말씀드려야……."

느닷없이 밤공기가 날카롭게 갈라졌다. 은백색의 가느다란 빛줄기가 그들의 눈앞을 스치고 침엽수 줄기에 박혔다. 말들이 긴장과 불안으로 콧김을 뿜었다. 이를 다독이며 두 사람은 한 대의 화살을 바라보았다. 침엽수 줄기에 깊이 박혀 달빛을 반사했다.

"그 이상 다가오면 이번에는 얼굴 한복판에 선사해주겠다."

시커먼 숲 안쪽에서 울려 퍼진 것은 아르슬란과 비슷한 또래가 아닐까 싶은 소년의 목소리였다.

"여기서부터는 전 다이람 영주 나르사스 님의 거처다. 초대받지 않은 자가 경계를 침범한다면 용서치 않겠다. 다치기 전에 돌아가라."

다륜이 소리를 질렀다.

"엘람이냐? 나는 다륜이다. 3년 만에 네 주인을 만나러 왔다. 지나가게 해 줄 수 없겠느냐?"

몇 초의 침묵이 이어지고 숲이 술렁거리더니, 그 안에서 어둠을 뚫어낸 것처럼 한 사람의 모습이 다가왔다.

"다륜 님이 아니십니까. 그간 격조했습니다. 몰랐다고는 하나 결례를 저질렀습니다."

등에 화살통을 지고 케사크(단궁)를 든 소년이 다륜에게 인사를 했다. 아무것도 걸치지 않은 머리카락이 달빛에 검게 빛났다.

"너도 키가 많이 컸구나. 네 주인은 그간 무탈했느냐?"

"예, 건강히 잘 지내고 계십니다."

"그리고 여전히 잘 그리지도 못하는 그림을 그렸다가는 버리며 하루하루를 보내느냐?"

소년은 신중한 표정을 지었다.

"저는 어떤 그림이 좋고 나쁜지 잘 알지 못합니다. 그저 돌아가신 부모님의 유언에 따라 나르사스 님을 보필할 뿐입니다. 부모님을 굴람에서 아자트로 만들어주신 분은 나르사스 님이셨으니까요."

소년은 두 사람을 안내하며 산길을 걸어갔다. 밤눈이 좋은지 발걸음은 가벼우면서도 어디를 디뎌야 할지 똑똑히 알고 있었다.

돌과 나무를 쌓아 만든 세모꼴 지붕을 한 산장이 숲과 풀밭의 경계에 서 있었다. 풀밭 아래쪽에서는 계곡물 흐르는 소리가 들렸으며 머리 위로는 밤하늘 가득 펼쳐진 별이 난무했다. 세 사람이 다가가자 문이 열리고 실내의 빛이 지면에 드리워졌다. 소년이 뛰어가 주인에게 고개를 숙이자 다륜도 흑마에서 내려 말을 걸었다.

"나르사스, 나야. 다륜일세."

"이름을 댈 필요도 없어, 소란스러운 녀석. 1파르상 저편에서도 다 들렸다."

산장의 주인은 다륜만큼은 아니었지만 키가 크고 균형 잡힌 몸을 가진 사람이었다. 첫인상이 좋은 지적인 얼굴이었으며, 험한 입과는 대조적으로 두 눈은 따뜻하게 웃음을 지었다. 나이는 다륜보다 한 살 어리다고 들었다. 푸른색의 짧은 옷과 같은 색의 바지가 생기 있게 느껴져 꾸밈없다는 인상을 주었다.

"나르사스, 여기 계신 분은……."

"안드라고라스 폐하의 아들 아르슬란이라고 한다. 그대의 이야기는 다륜에게 익히 들었네."

"이거 황송하군요."

나르사스는 웃으며 꾸벅 고개를 숙이더니 소년을 돌아보았다.

"엘람, 수고스럽겠지만 손님들에게 식사를 준비해드리렴."

성실한 소년은 두 사람의 말을 산장 뒤쪽에 묶어놓은 후 주방으로 돌아갔다. 그사이에 아르슬란과 다륜은 갑옷을 벗었다. 피로까지 벗을 수는 없겠지만 몸은 한층 가벼워진 것 같았다.

레타크(몸종) 소년이 커다란 쟁반을 들고 돌아왔다.

나비드(포도주), 닭고기 스튜, 벌꿀을 바른 얇은 빵, 양고기와 양파를 꿰어 구운 꼬치, 치즈, 말린 사과, 말린 무화과, 말린 살구 등등. 향긋한 냄새가 아르슬란과 다륜의 식욕을 자극했다. 생각해보니 오늘만큼 체력을 소모한 날도 없었는데, 아침을 먹은 후로는 아무것도 입에 대지 못했다.

두 사람은 야트막한 나무 테이블 앞에 앉아 한동안 먹는 데만 전념했다. 엘람이 급사 노릇을 했고, 나르사스는 옥배玉杯에 담긴 포도주를 천천히 기울이며 두 사람의 식욕을 감탄스럽다는 듯이 바라보았다.

테이블에 나온 모든 음식이 손님들의 위장으로 들어가자 엘람은 식기를 치우고 식후 녹차를 내놓은 후, 나르사스에게 꾸벅 인사하더니 자신의 방으로 들어갔다.

"덕분에 한숨 놓았다. 고맙다."

"감사하실 필요는 없습니다, 아르슬란 전하. 저는 전하의 부군께 1만 닢이나 되는 디나르를 받은 적이 있지요. 오늘 식사는 드라흠(은화) 한 닢도 못 되는 것이었습니다."

웃음을 지은 나르사스는 오랜 벗 다륜의 얼굴을 보았다.

"자, 어디. 대충 사정은 알겠지만 자세히 들어볼까? 아트로파테네에서 우리 군은 참패했겠지?"

다륜이 들려주는 아트로파테네의 패전 양상에 나르사스는 녹차를 홀짝이며 귀를 기울였다. 칼란의 배신 이야기에는 눈썹을 꿈틀했지만 루시타니아군의 전법에 대해서는 놀란 기색을 보이지 않았다.

"기병을 이용할 때의 이점은 기동력이지. 여기에 이길 유일한 방법은 움직임을 막는 것일세. 해자와 방책을 치고 불을 지르고 안개를 이용한다. 배신자도 사용한다. 루시타니아 야만족들 중에도 똑똑한 자가 있군."

"그래, 똑똑한 자가 있지. 그래서 아르슬란 전하를 위해 자네의 지혜를 빌리고 싶네."

"다륜, 기껏 이렇게 와주어서 고맙네만 새삼스레 속세와 인연을 맺을 생각은 없어."

"하지만 산속에서 서툰 그림이나 끄적거리는 것보다는 훨씬 낫지 않나."

서툰 그림이라는 말을 들은 순간 나르사스의 표정이 떨떠름해졌다.

"다륜이 전하께 말씀드렸다는 내용도 상상이 가는군요. 믿으셔서는 안 됩니다, 전하. 이놈은 우리나라에선 비할 데 없는 용사이며 매사의 도리도 잘 판별하지만 예술을 이해하지는 못하지요. 참으로 개탄스러울 따름입니다."

다륜이 항의하려 했지만 나르사스는 한 손을 들어 제

지했다.

"예술은 영원, 흥망은 한순간."

나르사스는 엄숙하게 말했으나 손님들에게는 그리 감명을 주지 못했다. 아르슬란은 얼떨떨해져서 침묵을 지켰으며, 다륜은 평소의 중후함을 내팽개치고 빙글거리는 웃음을 지었다. 웃을 수밖에 없는 상황인 모양이다.

왕자는 마음을 다잡고 말했다.

"그 한순간이 바로 지금 이 순간이라면 수수방관할 수는 없다. 나르사스, 부디 그대의 생각을 들려다오."

"글쎄요, 생각이라고 하셔도……. 루시타니아인은 유일절대신 이알다바오트를 섬깁니다. 이놈의 신이란 게 신도의 평등을 인정하는 한편 다른 종교를 믿는 자는 지상에서 쓸어버려야 한다고 신도들에게 명령을 내리지요. 마르얌에서 온 여행자들에게 들었습니다만, 아마 엑바타나로 이어지는 산과 들은 놈들이 말하는 이교도의 시체로 메워지겠지요."

"그렇게 하도록 놔두고 싶진 않네. 어떻게 해야 좋을지 그대는 아는가?"

"아르슬란 전하, 새삼스레 아뢰기도 부질없사오나 부왕 폐하께서는 굴람 제도를 폐지하셔야 했습니다. 국가에 학대를 받았던 자가 어떻게 국가를 위해 싸울까요?"

나르사스의 말이 열기를 띠었다. 어느새 세상을 버렸

던 은자의 마음은 온데간데없이 사라졌다.

"앞으로 어떻게 될지가 눈에 뻔히 보입니다. 루시타니아군은 굴람에게 이알다바오트 교로 개종할 것을 권하고, 개종한 자에게는 자유를 주겠지요. 그들이 무기를 들고 궐기해 루시타니아군에 호응한다면 파르스는 끝장입니다. 굴람의 수는 귀족이나 신관보다도 훨씬 많으니까요."

나르사스가 냉랭한 어조로 불길한 예측을 마치자, 불안이 부풀어 오르는 것을 느끼며 아르슬란이 반론했다.

"그러나 엑바타나는 함락되지 않을 것이다. 그 왕성은 몇 년 전 미스르의 대군에 포위되었을 때도 꿈쩍하지 않았다."

안됐다는 투로 나르사스가 왕자를 보았다.

"전하, 엑바타나의 운명도 얼마 남지 않았습니다. 예, 물론 그 성문은 불화살로도 파성추破城鎚로도 쉽게는 무너뜨릴 수 없겠지요. 하지만 밖에서 공격하는 것만이 전법은 아닙니다."

"자네 말은 성내의 굴람들이 루시타니아군에 호응한다는 건가?"

"바로 그걸세, 다륜. 성 밖에서 루시타니아군이 소리를 지르겠지. 노예들이여, 일어나 압제자를 타도하라, 이알다바오트 신께서는 너희에게 자유와 평등을 약속한다. 토지도 재산도 너희의 것이다. 이건 효과가 있을 걸."

목소리를 삼킨 채 생각에 잠긴 아르슬란을 흘끔 보고 다륜은 대항책을 제안해보았다.

"그렇다면 싸워서 무훈을 세운 굴람 병사를 아자트로 삼겠다, 물론 포상도 주겠다고 약속하면 어떨까. 그러면 어느 정도 효과가 있겠지. 오래가지는 못한다 해도."

"그때까지 엑바타나에 돌아가고 싶다. 나르사스, 그대는 도저히 지혜를 빌려줄 마음이 없는가?"

왕자의 진지한 눈빛에서 나르사스는 시선을 돌렸다.

"전하. 친히 제안해주셔서 감사하오나, 저는 산에 틀어박혀 예술적 창조에 여생을 바칠 생각입니다. 이젠 속세에는 관심이 없지요. 부디 서운하게 여기지 마시옵소서. 아니, 그렇게 여기서도 어쩔 수 없는 노릇입니다만……."

다륜이 테이블 위의 찻잔을 옆으로 치웠다.

"나르사스, 무관심은 악의 온상이며 선의 편이 아니라는 훌륭한 말이 있었지."

"훌륭하다기보다는 얄팍한걸. 누가 한 말이지?"

"자네가 한 말일세, 나르사스. 내가 세리카로 떠나기 전날, 함께 술을 마시면서."

"……별 시답잖은 걸 다 기억하는군."

나르사스가 혀를 차자 다륜이 추격타를 가했다.

"루시타니아인은 이알다바오트 신을 믿지 않는 자를 학살한다고 하네. 신의 이름으로 인간을 차별하는 자들이 진심으로 굴람을 해방할 리가 없지 않나."

"그렇다 해도 굴람들은 미래의 공포보다는 현재의 불만을 해소하고 싶을걸."

단언하며 나르사스는 왕자를 돌아보았다.

"아르슬란 전하, 저는 전하의 부왕께 미움을 받은 몸입니다. 그런 저를 막료로 삼으신다면 폐하께서 노여워하시지 않겠습니까? 전하께 도움이 안 됩니다."

왕자는 애젊은, 부왕과는 닮지 않은 섬세한 얼굴에 슬쩍 쓴웃음을 머금었다.

"그런 건 문제가 되지 않는다. 아바마마께서는 애초에 나를 싫어하셨고, 마침 여기 다륜도 아바마마의 역정을 샀으니, 기왕이면 오순도순 미움받는 사이가 되지 않겠나?"

나르사스는 한순간 이 왕자가 솔직한 걸까 비뚤어진 걸까 가늠하는 눈빛을 띠었다. 아르슬란은 기죽지 않고 확고부동한 표정으로 마주 보았으며, 나르사스는 살짝 한숨을 내쉬었다.

"전쟁도 정치도 어차피 재가 되어 사라질 뿐. 후세에는 오로지 위대한 예술만이 남는 법입니다. 그야말로 무례한 말씀이오나 이 산을 내려가신 후에 대해서는 아무 약속도 드릴 수 없습니다. 이곳에 계신 동안에는 성심성의껏 보필해드리겠습니다만."

"알았다. 억지 부탁을 했던 것을 사과하겠네."

아르슬란은 가볍게 웃고, 갑자기 지친 표정을 짓더니 살짝 하품을 했다.

III

옆방에서 왕자가 침대에 들어간 후에도 다륜과 나르사스는 한동안 낮은 목소리로 대화를 나누었다. 다륜은 이때 백부 바흐리즈의 기묘한 명령을 벗에게 털어놓았다.

"타흐미네 왕비마마께는 그렇게나 다정하신 폐하가, 아르슬란 전하께는 이상하게 거리를 두고 계시네. 나는 이해할 수가 없어."

"왕비님이라……."

나르사스는 팔짱을 끼고 중얼거렸다.

"타흐미네 왕비님은 어렸을 때 몇 번 뵌 적이 있네만, 그분의 미모는 마성이야. 듣자 하니 케유마르스 공작의 비妃가 되시기 전에는 공국 재상의 약혼녀였다더군."

"신하의 약혼녀를 주군이 빼앗았단 말인가. 그러니 국가가 어지러워지지. 그 가엾은 재상은 어떻게 됐나?"

"자살했다고 하네. 안됐지만 살아있어도 좋은 일은 없었을 테지."

두 사람은 포도주를 앞에 두고 입을 다문 채 아르슬란이 태어나기 이전의 역사를 떠올렸다.

파르스력 301년. 30년 동안 왕위에 올랐으며 '대륙공로의 위대한 수호자'라 칭송을 받았던 샤오 고타르제스 2세가 붕어했다. 향년 예순한 살이었던 왕에게는 두 아들이 있었다. 스물일곱 살인 장남 오스로에스와 스물다섯 살인 차남 안드라고라스였다. 왕이 살아있을 때 이미 오스로에스는 정식으로 왕태자가 되었으며 동생 안드라고라스도 형의 즉위를 지지했으므로 무탈히 오스로에스가 왕위를 물려받았다.

새로운 샤오는 동생을 에란으로 임명하고 전군의 지휘권을 맡겼다. 그로부터 2년 동안 형제는 힘을 합쳐 위대한 선왕의 뒤를 지켰으나, 이윽고 파국이 찾아왔다.

파르스력 303년, 그때까지 파르스와 맹방盟邦 관계였던 동남쪽의 바다흐샨 공국에서 내분이 일어났다. 원래 이 나라는 파르스와 신두라, 두 나라의 중간에 서서 이리 붙었다 저리 붙었다 했지만 고타르제스 2세가 즉위한 후로는 계속 파르스와 맹방관계를 유지했다. 그런데 고타르제스 2세가 붕어하자 그 전까지는 세력이 약했던 바다흐샨 국내의 친 신두라 파가 준동하기 시작했다.

"고타르제스 왕이 있었기에 파르스 왕국에 안정이 있었던 것이다. 대왕이 없는 오늘날 파르스를 의지할 수는 없다. 신두라 왕국과 맹약을 맺어 우리나라의 평화를 유지해야 한다."

그 목소리가 힘을 얻어, 공국은 파르스 대사를 추방하고 신두라 왕국과 수호조약을 체결했다.

안드라고라스는 바흐리즈를 부장副將으로 삼아 기병 10만을 이끌고 바다흐샨 공국령으로 쳐들어갔다. 바다흐샨 공작 케유마르스는 비명을 지르며 신두라에게 도움을 청했다. 신두라가 원군을 보내기는 했지만 안드라고라스는 엄청난 속도로 바다흐샨 영내를 횡단해 신두라 군의 진로에 있던 몇몇 강에 걸린 다리를 모조리 파괴해버렸다. 이 때문에 신두라 군이 전진하지 못하는 동안 안드라고라스는 기수를 돌려 바다흐샨의 수도 헤르만도스 성을 함락했다. 바다흐샨 공작 케유마르스는 성내의 탑에서 몸을 던져 죽었고, 그를 부추겼던 친 신두라 파의 대신 및 장군 등 2천여 명은 파르스군에게 살해되었다. 안드라고라스는 바다흐샨 공국을 파르스에 병합하겠노라 선언했으며, 신두라 군은 포기하고 본국으로 돌아갔다.

여기까지는 파르스 왕국에 불길한 기운이란 조금도 없었다.

그러나 성내에서 안드라고라스가 발견한 한 여성이 형제의 인생을 뒤집어놓고 말았다. 자살한 케유마르스 공작의 젊은 아내 타흐미네였다.

엑바타나로 개선한 동생을 오스로에스는 기뻐하며 맞아주었다. 그는 동생에게 은상으로 구 바다흐샨 공국의 모든 영토와 '부왕副王'이라는 칭호를 마련해놓았다. 그러나 안드라고라스는 고개를 가로저으며 대답했다.

"형님, 나는 영토도 부왕의 지위도 필요 없습니다. 오로지 케유마르스의 아내만 있으면……."

그가 그렇게 말한 이유는, 모든 전리품은 국왕의 손에 들어간 후 다시금 장병들에게 분배된다는 파르스의 국법이 있기 때문이었다.

"뭐야? 영토와 지위보다도 여자 한 명이 탐난다는 말이냐? 욕심도 없는 녀석이로고. 좋아, 그러면 그 여자에게 새로운 저택과 몸을 치장할 보석을 더해 너에게 주마."

안드라고라스가 감사를 표하고 퇴실한 후, 문득 오스로에스 왕은 동생의 마음을 움직인 여자에게 호기심이 동했다. 그동안 안드라고라스는 전쟁과 수렵과 주연에는 열심이었으나 여성관계에서는 별다른 이야기가 없었던 것이다.

오스로에스는 타흐미네가 연금된 저택을 몰래 방문해 달빛 아래 정원을 산책하는 그녀의 모습을 보았다. 그리고 저택을 나왔을 때는 타흐미네와의 결혼을 결심하고 있었다. 샤오이자 형이라는 처지도 그를 붙잡아놓지는 못했다.

오스로에스는 왕태자 시절 열여덟 살에 아내를 맞아 이듬해에 아들을 얻었다. 그 후 아내가 병사했는데 이후로 정식으로는 왕비를 세우지 않고 독신생활을 이어왔으나, 이에 종지부를 찍을 날이 온 것이다. 이튿날 안드라고라스가 타흐미네를 방문했을 때 그녀는 이미 왕의 명령에 따라 궁정으로 옮겨진 후였다.

안드라고라스는 격노했다.

"약속이 다르지 않습니까!"

왕에게 따졌으나 오스로에스는 증인도 증문證文도 없다는 것을 구실로 내세워 동생의 항의를 내쳐버렸다. 그러는 한편 구 바다흐샨 공국의 모든 영토와 부왕의 지위, 여기에 디나르 백만 닢과 수많은 미녀를 더해 동생을 달래려 했다. 그러나 안드라고라스는 자신의 저택에 칩거한 채 왕궁에 모습을 나타내지 않았다.

오스로에스 왕은 타흐미네와의 결혼을 강행하려 했으나 바흐리즈를 비롯한 중신들이 만류하는 바람에 단념하지 않을 수 없었다. 아무리 자신을 변호하려 해도 동생과의 약속을 어겼다는 점은 사실이었기 때문이다.

이렇게 형과 동생의 사이는 지극히 악화되었으며, 궁정 내부에서도 대립이 펼쳐졌다. 굳이 비교하자면 병약한 오스로에스보다는, 무인으로서 용명을 떨치는 안드라고라스 쪽에 마음을 기울이는 신하들도 많았다. 동생의 편을 드는 자들을 오스로에스는 당연히 불쾌하게 여겼으며 궁정에서 지방도시나 국경지대로 쫓아냈다. 바흐리즈도 미스르와의 서방 국경요새로 좌천되고 말았다.

이렇게 되니 안드라고라스는 더욱더 심란해졌다. 에란으로서 맡은 임무를 내팽개치고 자신의 집에서 술만 마셨다. 오스로에스 왕의 입장에서는 좋은 구실이 생긴 셈이었다. 그는 동생을 에란의 지위에서 해임하고 일개 마르즈반으로 강등시켜 동방국경에 배치하기로 했다.

"안드라고라스와 바흐리즈를 가까이 두면 힘을 합쳐 반란을 일으킬지도 모르지. 동쪽과 서쪽, 300파르상이나 떨어져 있으면 서로 역모를 꾀할 수도 없을 터."

그렇게 생각했으나, 새로운 인사人事를 발표하기 직전에 오스로에스는 병상에 눕고 말았다. 타흐미네를 데리고 수렵원에 나갔을 때 말이 무언가에 놀라 뛰어오르면서 낙마해 어깨를 다쳤는데, 그 상처가 화근이 되어 고열에 시달렸다.

열은 며칠이 지나도록 가라앉지 않았으며 왕의 육체를

급속도로 좀먹었다. 의사단의 헌신적인 치료도 효과를 보지 못하고 신관들의 기도도 허무하게 왕은 위독한 상태에 빠졌다.

왕이 죽으면 대신할 새 왕이 필요하다. 원래는 왕의 장남이 왕위를 이어야 하지만 오스로에스의 아들은 이때 아직 열한 살이어서 정식으로 왕태자에 책봉하기 위한 의식을 치르지 못했다. 오스로에스 왕은 왕제王弟 안드라고라스와 그를 지지하는 자들에게 양보를 했던 것이다. 사실 동쪽과 서쪽에 강대한 적국이 존재하는 마당에 겨우 열한 살짜리 소년이 왕위에 오른다면 이웃나라의 야심을 부추기는 일이 될지도 모르는 일이었다.

5월 19일, 맑은 달빛과 꽃향기로 가득한 초여름 밤. 왕제 안드라고라스는 왕궁으로 불려나갔다. 그리고 한 시간 후, 오스로에스 왕의 붕어와 안드라고라스의 등극이 공표되었다.

"오스로에스 왕은 자신이 죽은 후 왕자를 즉위시켜 안드라고라스가 후견인이 되도록 부탁했다. 그러나 안드라고라스는 몸져누운 왕의 얼굴에 베개를 대고 질식사시켜 자신이 왕이 된 것이다."

"아니다, 오스로에스 왕은 동생과 타흐미네 왕비와의 사이를 의심하고 질투에 미쳐 동생을 왕궁에 불러들여 죽이려 했지만 되레 반격을 당해 죽은 것이다."

온갖 소문이 돌았지만 안드라고라스가 군대의 압도적인 지지를 받아 샤오가 되고 난 후에는 모두 입을 다물었다. 얼마 지나지 않아 왕궁 한곳에서 불기둥이 솟아나 선왕 오스로에스의 왕자가 불에 타 죽었다. 실화失火의 책임자로 지목된 궁정요리장은 사형에 처해졌다. 또한 신왕 안드라고라스는 바흐리즈를 에란으로 임명했다. 오랜 기간에 걸쳐 왕궁의 기묘한 손님이 되어 있던 타흐미네는 이듬해 안드라고라스와 결혼하여 왕비 칭호를 받았다. 그리고 이듬해에는 왕자 아르슬란이 탄생했다…….

그 후로 올해까지, 안드라고라스 왕의 치세는 흔들리지 않을 것만 같았다.

IV

이튿날 아침, 아르슬란이 꿈 하나 꾸지 않은 깊은 잠에서 깨어났을 때 가을의 태양은 이미 높이 떠 있었다. 앞으로 숱한 불안과 곤란이 닥쳐올 텐데도 게걸스레 잠을 탐했다는 사실이 다소 민망했다. 마룻바닥에는 침구가 하나 놓여 있었다. 다륜이 썼던 모양이다. 왕의 아들이라는 이유만으로 자신이 특권을 독점한 기분이 들어 아르슬란은 안절부절못했다. 서둘러 옷을 갈아입고 옆방으로 가니 다륜도 나르사스도 이제 막 일어난 듯했다.

세 사람이 서로 인사를 나누었을 때, 밖에서 몇 기의 말발굽 소리가 들려 실내에 있던 사람들은 일제히 긴장했다.

살짝 열린 창문 틈을 통해 다륜이 바깥으로 시선을 돌렸다. 갑주를 걸칠 틈은 없었으나 한 손에는 칼집과 함께 장검을 들고 있었다.

"눈에 익은 얼굴이 있군. 칼란의 부하일세."

"호오……."

나르사스가 손가락으로 턱을 매만졌다.

"자네를 찾아 여기까지 오다니, 판단력이 괜찮은걸. 역시 칼란은 부하들을 잘 길들여놨……."

갑자기 나르사스가 입을 다물더니 다륜에게 의심스러운 눈초리를 보냈다. 다륜은 시치미를 떼려 했으나 나르사스의 추궁은 날카로웠다.

"이제까지 묻는 것을 깜빡했는데. 다륜, 자네, 여기 올 때 어떤 길로 왔지?"

놀라 자신을 바라보는 아르슬란의 시선을 옆얼굴에 느끼며 다륜은 널찍한 어깨를 으쓱한 다음 몇몇 지명을 이야기했다.

"……뭐, 그런 곳을 지났지."

"칼란의 성 근처잖나!"

나르사스는 신음하며 불온한 시선을 다륜의 얼굴에 보

냈다.

"이 악당 놈이, 다른 길도 있었을 텐데 하필이면 칼란의 부하들 눈에 뜨일 만한 길을 고르다니. 처음부터 나를 끌어들여 한편으로 삼으려는 수작이었구나!"

간파당한 다륜은 숫제 뻔뻔스럽게 나섰다.

"용서하라고 해봤자 무리겠지. 어디까지나 자네의 지략을 얻기 위해서였네. 이렇게 된 이상 은둔생활 따위 포기하고 전하를 섬기게, 나르사스."

나르사스는 다시 한 번 으르렁거리더니 바닥을 박찼다. 다륜과 말다툼을 할 시간은 없었다. 그는 아르슬란과 다륜에게 옆방으로 가 다락으로 숨고 사다리를 올려놓으라고 지시했다. 현관에서는 엘람의 목소리가 울려 퍼졌다.

"나르사스 님은 아직 주무십니다. 나중에 다시 오십…… 이런 무엄한 것들!"

거칠게 문이 열리고, 병사들에게 떠밀린 엘람이 실내로 나뒹굴었다. 나르사스가 그를 부축해 일으켰을 때 갑주로 완전무장한 기사 여섯 명은 이미 실내로 들어왔다. 모두가 한 손을 칼자루에 대고 있다. 나르사스의 검술 실력을 잘 알기 때문이리라. 여섯을 대표해 최연장자로 보이는 중년의 사내가 말했다.

"몇 년 전까지 다이람 영주이셨던 나르사스 경이 틀림

없소이까."

"지금은 일개 은둔자일 뿐이네만."

"나르사스 경이 맞소이까!"

"그래, 나르사스가 맞네만 이쪽이 이름을 댔으니 그쪽도 신분을 밝혀야 하지 않을까?"

거의 알아차리지 못할 만큼 나르사스의 목소리가 나직해졌다. 기사들은 한순간 움츠러든 것처럼 보였으나 나르사스가 검을 패용하지 않았음을 깨닫고 안도했으며, 그래도 약간 정중하게 인사했다.

"실례했소. 우리는 파르스의 에란 칼란 님의 휘하 부하들이오."

다락의 어둠 속에서 다륜의 몸이 슬쩍 움직였다. 아르슬란도 숨이 멈추는 기분이었다. 안드라고라스 왕이 즉위한 후로 파르스의 에란이라 하면 바흐리즈 한 사람뿐이었을 텐데.

"에란 칼란이라니, 운율이 맞는 좋은 호칭이군. 그건 그렇다 쳐도 속세의 유위와 변천은 범상치 않은걸. 내가 궁정에서 퇴출됐을 때 이 나라의 에란은 바흐리즈 옹翁이었는데, 노인장께서는 은퇴하셨나?"

나르사스가 목소리를 높인 것은 숨어 있는 다륜과 아르슬란에게 사정을 똑똑히 들려주기 위함이었다.

"아니면 설마 돌아가시기라도 했나?"

"바흐리즈 노인은 분명 죽었소. 다만 병사病死는 아니었소. 지금쯤 그 쭈글쭈글한 머리는 엑바타나 성문 앞에 효수되어 헤벌어진 입으로 성내에 있는 자들에게 항복을 권하고 있겠지."

다륜의 몸이 휘청 흔들리는 바람에 그 소리가 두꺼운 천장 널빤지 너머로 기사들의 의심을 부추겼다.

"무슨 소리요?"

"들쥐일세. 곡물을 노리고 들어오는 바람에 애를 먹고 있지. 한데 아침부터 나를 찾아온 이유는 뭔가?"

사실 물을 필요도 없었겠지만 나르사스는 시치미를 뚝 떼고 물었다. 기사들은 불쾌한 듯 입술을 일그러뜨렸다.

"패군지장 아르슬란 및 다륜이 이곳 산지로 숨어들었다는 몇 명의 증언이 있었소. 나르사스 경은 아시는지."

"글쎄, 도통 모르겠는데."

"그 말이 참이오?"

"패군지장이라고 하셨는데, 애초에 다륜이 졌을 리가 없잖나. 어지간히 비열한 배신이라도 당하지 않는 한."

기사들의 얼굴에 노기가 번졌으나 대표자가 동료들을 제지했다.

"그렇다면 한 가지 용건을 더 전하겠소. 우리의 대장군 칼란 공께서는 나르사스 경을 휘하에 두고자 생각하고 계시오. 귀공은 지략만이 아니라 검술에서도 일류라고 높은 평가를 받고 있소만…….”

관심도 없다는 듯 나르사스는 턱을 문질렀다.

“흐음, 만일 내가 칼란 공의 휘하에 들어간다면 뭘 보장해주시려나?”

“이알다바오트 교의 신도가 누릴 수 있는 모든 권리.”

“…….”

“또한 반납하셨던 다이람 영지의 영주권을 회복시켜 주신다는 고마우신 말씀이 있었소. 대답은?”

“이 자리에서 대답해야 하나?”

“부디.”

신랄한 웃음이 나르사스의 얼굴에 떠올랐다.

“그럼 돌아가서 칼란 개자식에게 전해주게. 썩은 고기는 너 혼자 처먹어라, 나르사스는 맛없어서 못 먹겠다고!”

그 말과 동시에 나르사스는 뒤로 몸을 날렸다. 여섯의 노기와 검이 날아들었다. 6대 1이었으므로 기사들은 승리를 확신했겠지만 그것도 한순간이었다.

가로세로 3가즈(약 3미터) 정도 넓이로 바닥판이 열렸던 것이다. 기사들은 노성과 비명을 남기고 깊은 바닥으로 떨어졌다. 요란한 물소리와 갑옷 울리는 소리가 들렸다. 물을 담아놓은 함정에 빠뜨린 것이었다.

“멍청한 놈들. 부르지도 않았는데 쳐들어오는 무례한

손님들을 내가 대접해줄 줄 알았더냐."

나르사스는 가슴을 젖혔다. 격렬한 욕설이 어둠 밑바닥에서 들려왔으나 무시하고 다락에 있던 아르슬란과 다륜에게 내려오라고 말했다. 다륜이 다가와 시커먼 함정을 들여다보았다.

"저놈들, 기어올라오지는 않겠지?"

"걱정 말게, 수면에서 여기까지는 7가즈나 되니. 놈들이 도롱뇽이라도 되지 않는 한 기어오를 순 없어. 그건 그렇다 쳐도, 저 친구들을 어떻게 해줄까."

"백부님이 돌아가셨다면 놈들은 원수의 앞잡이니 상응하는 대가를 치러야겠지."

다륜의 목소리에서 위험한 감정이 묻어나 나르사스는 생각에 잠기는 시늉을 했다.

"어허, 기다려봐. 사람을 죽인다 한들 먹을 수도 없잖나. 조금만 더 도움이 되는 방법을 생각해보자고."

"익사하지는 않겠는가?"

"염려 마십시오, 전하. 물은 1가즈 정도 깊이밖에 되지 않습니다. 스스로 원하지 않는 한 빠져 죽을 일은 없지요."

그때 엘람 소년이 끼어들었다.

"나르사스 님, 조금 전에 아침식사 준비를 마쳤습니다만 어떻게 할까요?"

"아차, 깜빡했네."

나르사스는 우습다는 듯 입가에서 힘을 풀었다.

"우선 배부터 채우지. 저런 무뢰배들의 뒤처리는 언제든 할 수 있지만 끼니에는 먹어야 할 때가 있으니."

이건 대담하달까 태평하달까, 아니면 그저 감각이 어긋났다고 해야 할까 판단이 서지 않았다.

어쨌든 아침을 먹게 되어 아르슬란은 엘람의 식사준비를 거들고자 했다. 그와 동갑내기인 소년이 일을 하는데 앉아만 있으려니 약간 석연찮았던 것이다. 그러나 엘람은 아르슬란의 청을 정중한 말과 무뚝뚝한 태도로 거절했다. 요컨대 되레 방해만 된다는 것이었다.

결과적으로 먹는 데만 전념하게 되어 아르슬란은 자기 자신에 대한 응어리를 품었다. 어제 이후로 자신은 남의 도움과 봉사를 받기만 할 뿐 그 누구에게도 도움이 되지 않았다는 생각이 들었던 것이다…….

문득 나르사스가 빈 접시를 들더니 손목을 휙 놀렸다. 접시는 회전하면서 날아가, 막 함정에서 마루로 기어나오려던 기사의 머리에 멋들어지게 명중했다. 분노와 고통의 비명에 갑주 울리는 소리와 물소리가 이어졌다. 몇 명이 목말을 이어 겨우 함정 밑바닥에서 마루까지 도달한 순간 원래 있던 곳으로 밀려 떨어지고 만 것이다.

"고생했네만 다시 한 번 시도해 보게나."

짓궂게 이죽거린 나르사스는 몸종 소년에게 야단을 맞았다.

"나르사스 님, 접시 함부로 다루지 마세요."

"미안미안, 엘람."

나르사스는 머리를 긁었다. 방약무인하던 이 사내도 남에게 고개를 들지 못할 때가 있는 모양이다.

"다륜 님, 식사에 별로 손을 대지 않으셨습니다만 무언가 다른 요리를 대령할까요?"

"아니다, 엘람. 그만 됐다. 충분해."

나르사스가 갑자기 언짢은 태도를 보였다.

"이 녀석에게 뭔가 해줄 필요는 없어. 이 악당 때문에 새로 은거할 곳을 찾아야 하게 됐으니까."

"그러니까 나르사스, 그만 속세로 돌아와서……."

"닥쳐, 이 배신자야. 내 평화로운 생활에 간섭하지 마."

더는 듣지 않겠다는 나르사스의 얼굴을 보며 다륜은 널찍한 어깨를 으쓱했다. 그 후로 침묵에 잠긴 이유는 백부의 죽음에 대해 함정 속의 병사들에게 캐묻고자 생각했기 때문이었으리라.

아르슬란은 수프를 뜨던 수저를 내려놓았다.

"나르사스, 재고해줄 수 없겠는가. 나도 부탁하겠다. 다륜과 함께 나를 도와다오."

"고마우신 말씀입니다만……."

“그러면 이리하자. 나는 그대의 충성을 바라는 대신, 그대에게 충분한 대가를 지불하겠다.”

“대가라고 말씀하시면, 부왕처럼 디나르라도 주시겠다는 겁니까?”

“아니, 금전으로 그대의 충성심을 살 수 있으리라는 생각은 하지 않는다.”

“그렇다면 지위입니까? 재상쯤?”

관심 없다는 반응이었다. 부나 지위에 몸을 팔겠느냐는 생각이 온 얼굴에서 넘쳐났다.

“그게 아니다. 내가 루시타니아 야만족들을 몰아내고 파르스의 샤오가 되는 날, 나르사스 경 그대를 궁정화가로 초빙하겠다. 어떤가?”

나르사스는 입을 딱 벌린 채 왕자를 쳐다보았다. 분명 그는 허를 찔렸다. 몇 초 동안의 침묵에, 나직하고도 유쾌한 웃음소리가 이어졌다. 무언가가 확실하게 떨어져 나간 것이었다.

“마음에 들었어. 이건 생각도 못 했는걸…….”

작은 목소리로 혼잣말을 중얼거리더니, 나르사스는 벗에게 으스대는 시선을 보냈다.

“어때? 들었나, 다륜? 전하의 말씀이야말로 군주의 도량이라는 걸세. 예술과는 인연이 없는 꼴사나운 평생을 보내게 될 자네와는 심성의 풍요로움에서 천양지차지.”

"내버려 두게. 어차피 꼴사나운 평생이라면 하다못해 자네의 예술하고는 인연을 끊고 싶으니."

독설을 독설로 받아친 다륜은 왕자를 돌아보았다.

"전하, 나르사스를 궁정화가로 삼으신다면 파르스의 문화사에 오점을 남기시는 겁니다. 이자를 서기나 재상으로 삼으신다면 군주로서 지당한 식견이라 하겠사오나, 하필이면 궁정화가라니……."

"뭐 어떤가, 다륜. 나는 루시타니아의 고명한 화가에게 죽은 모습을 그리게 하느니, 나르사스에게 살아있는 모습을 그려달라고 하고 싶다. 그대도 그렇지 않나?"

다륜은 다시 침묵하고 나르사스는 기뻐하며 손뼉을 쳤다.

"전하, 다륜은 죽기도 싫지만 제가 초상화를 그려주는 것도 싫다는 모양이옵니다. 때문에라도 저는 청을 받아들이고 싶습니다만……."

그는 장난스러운 표정을 거두더니 진지하게 생각에 잠겼다.

"루시타니아군에게 국토가 짓밟히는 모습을 방관할 수만은 없는 노릇이니까요, 역시. 미력하나마 힘을 보태드려야겠사오나, 어젯밤에도 말씀드렸듯 저의 이름은 안드라고라스 폐하께서 기피하시는 바. 전하께서는 폐하의 역정을 사실지도 모릅니다만 그래도 괜찮으시겠습니까?"

"물론."

"알겠습니다. 그러시다면 전하를 섬기겠습니다. 다륜 녀석의 책략에 걸려든 것 같아 아니꼽긴 해도……."

나르사스가 마음을 정리하고 한바탕 웃자 엘람 소년이 주인을 향해 몸을 내밀었다.

"저도 데려가주시겠지요, 나르사스 님?"

"……으음."

즉단하지 못했는지 나르사스의 대답은 명쾌함이 부족했다.

"길란 항구에 내 지인이 있다. 너는 그곳에 맡길 생각이었다만."

그 지인은 열 척 정도 되는 범선을 소유한 상선주였다. 만일 루시타니아군이 침공하더라도 배를 타고 바다로 도망치거나 이국으로 건너갈 수도 있다. 편지를 맡기고 여비와 생활비를 건네준 다음 그곳으로 보내겠다.

나르사스는 그렇게 말했으나, 엘람은 거절하고는 나르사스를 수행하겠다며 말을 듣지 않았다.

결국 나르사스는 생각을 굽히고 엘람을 데려가기로 했다. 아르슬란도 다륜도 몸종 소년을 거들었기 때문이다. 엘람은 눈치 빠른 소년이니 여러모로 도움이 될 테고, 활이나 단검 실력도 제법 뛰어났다. 게다가 동년배인 아르슬란에게는 궁정에서 얻지 못했던 친구가 되어 준다면. 그런 몇 가지 생각이 한데 녹아든 결과였다.

V

물과 피와 진흙과 굴욕에 물들어 찌들 때로 찌든 칼란의 부하 기사들이 함정에서 기어나오는 데 간신히 성공했을 때, 그날 태양은 이미 중천에 이르렀다. 물론 아르슬란을 비롯한 네 사람은 이미 자취를 감추고 만 후였다. 여섯 기사가 타고 왔던 말도 모조리 사라지고 없었다. 그들은 한동안 바닥에 주저앉아 있었다.

"네 이놈들, 놓칠 줄 아느냐!"

이윽고 나르사스의 접시에 맞아 얼굴이 찢어졌던 기사는 피가 말라붙은 입술로 노성을 터뜨렸다.

"산에서 평지로 나가는 길은 칼란 님의 부하들이 엄중히 지키고 있다. 그런 것도 모르면서 무엇이 군사고 마르즈반이란 말이냐. 두고 봐라, 오늘 안으로 네놈들의 시체에 침을 뱉어줄 테니!"

"포위망 정도는 뚫고 나갈 자신이 있는 것 아닐까? 다른 사람도 아닌 다륜하고 나르사스잖아."

동료 하나가 음울한 목소리로 말했다. 너무나도 멋들어지게 당하는 바람에 모든 면에서 나쁜 쪽으로만 생각하는 버릇이 든 모양이었다.

분풀이 삼아 실내의 세간들을 한바탕 부수고 난 기사들은 직책에 어울리지 않게 걸어서 산길을 내려갔다.

산 위의 동굴 안에 몸을 숨긴 아르슬란 일행은 엘람에게 이러한 내용을 보고받고 있었다.

"참 고생들 많군요. 갑주를 걸친 채 산길을 걸어서 내려가다니. 오늘 안으로 산기슭까지 도착하기는 힘들 겁니다. 뭐, 곰이나 늑대를 만나지 않기를 그들을 위해 기도해야지요."

나르사스는 아르슬란과 다륜에게 미리 설명해두었다. 지금 당장 산을 내려가도 분명히 포위망에 붙들리고 말 것이다. 한동안 이 동굴에 틀어박혀 적의 의심을 유발하자. 그다음부터가 나르사스의 책략이 발휘될 때였다.

"다륜이 쓸데없는 짓을 한 덕에 칼란 일당이 산을 포위했다……고 우길 수도 있지만, 어차피 놈들은 포위망을 펼쳤을 겁니다. 그걸 역이용할 방법을 생각해보죠."

나르사스는 오히려 즐거워하는 눈치였다. 어떻게 할 거냐고 아르슬란이 묻자 구체적으로는 대답하지 않은 채 이렇게만 말했다.

"자신이 원하는 곳에 적의 병력을 집중시키는 겁니다. 그게 전법의 첫걸음이지요."

아무리 무용이 뛰어나다 해도 이를 모조리 다 쓰기 전

에 승리를 거둘 것, 무리를 하지 않을 것. 그것이 전법의 가치라고 나르사스는 설명했다.

아르슬란은 약간 반론을 하고 싶어졌다.

"다륜은 나를 위해 대군 속을 돌파해주었다."

"그건 개인의 무용입니다."

단언한 나르사스는 다륜에게 한쪽 눈을 찡긋해 보였다. 다륜은 슬쩍 쓴웃음을 지은 채 입을 다물었다.

"다륜 같은 용사는 천 명에 한 명도 안 되지요. 그렇기에 가치가 있는 거고, 무릇 군대의 지휘자란 훨씬 약한 병사들을 기준으로 삼아도 이길 수 있는 전법을 생각해야 합니다. 그리고 일국의 왕 정도 되면 가장 무능한 지휘관을 부려도 적군에게 패하지 않도록, 혹은 싸우지 않아도 되도록 방책을 마련해야 하는 겁니다."

나르사스의 어조가 열기를 띠었다. 아르슬란은 생각했다. 결국 그는 은둔생활을 버려야 하기에 버렸던 것이라고.

"황송한 말씀이지만, 병사의 강함에 빠져 적을 과소평가하고 전법을 강구하기를 태만히 했을 때 한번 사태가 꼬이면 어떻게 될지. 아트로파테네의 비극이야말로 좋은 사례라 해야겠지요."

아르슬란은 고개를 끄덕일 수밖에 없었다. 아트로파테네 평원에서 파르스군의 기병이 얼마나 용전했으며,

심지어 그것이 얼마나 허무했는지 그는 모두 목격했다.

"안드라고라스 폐하는 샤오가 되시기 전부터 싸워서 패한 적이 없는 분입니다. 그러한 자부심이 극에 달하여 어떤 문제든 전쟁으로 해결하고자 하셨으며, 전쟁으로 해결할 수 없는 일은 피하려 하셨습니다. 전장에서 적장의 수급을 취하는 데에는 열심이셔도 국내의 모순이나 불평등을 없애는 데에는 관심이 없으셨지요……."

나르사스는 농담이라고는 생각할 수 없는 눈빛을 띠었다.

"전하, 전하께서 그러한 의미에서 안드라고라스 폐하의 후계자가 되고자 생각하신다면 저는 언제든 궁정화가의 지위를 버릴 것입니다."

나르사스의 말은 신하에게 주군을 버릴 권리가 있다는 소리와 같았지만, 그는 이미 3년 전에 이를 실행한 몸이었다. 속 빈 위협이 아니었다. 아르슬란은 진심을 담아 고개를 끄덕였다. 왕자도 부왕의 시정에 결코 무비판적이지 않았다. 나르사스는 슬쩍 웃더니 묵묵히 장검을 갈고 있던 벗에게 슬쩍 말을 걸었다.

"다륜, 칼란과 맞닥뜨려도 죽이지는 말게. 그자는 분명 뭔가 어처구니없는 걸 알고 있을 테니까. 그걸 꼭 들어야겠어."

"어처구니없는 무언가?"

아르슬란이 그 말을 용케도 듣고 캐묻는 바람에 나르사스는 웃어넘길 수밖에 없었다.

"그렇습니다, 어처구니없는 일이지요. 다만 그게 무엇인지는 아직까지 감도 잡히지 않는군요."

아르슬란은 고개를 끄덕이고 동굴 안을 둘러보았다. 사람 네 명과 말 열 마리가 여유롭게 기거할 만한 면적이 있었으며 출입구는 구불구불해 밖에서 내부를 볼 수는 없었다. 자연동굴치고는 참으로 맞춘 듯이 이루어졌다고 생각했더니, 출입구는 나르사스와 엘람이 판 것이라고 한다.

"무슨 일이 있을지 알 수 없으니까요. 은둔처는 여러 곳을 준비해두자는 것이 신조인지라."

나르사스의 말이었다. 혹시 다른 출입구가 있진 않느냐고 묻자 태연히 고개를 끄덕였다. 산장의 함정도 그렇고, 참으로 주도면밀한 자였다.

자신은 자신의 나이와 역량에 어울리지 않는 뛰어난 아군을 얻었다. 그렇게 생각하지 않을 수 없었다. 지극히 든든했지만 참으로 터무니없는 일이라는 기분도 들었다. 아르슬란은 다륜이나 나르사스 같은 자들의 충성심을 얻기에 합당한 인물이 되어야 하는 것이다.

제3장 왕도의 불길

I

서쪽 지평선을 황금색으로 물들이며 태양이 저물어간다.

한껏 투명한 하늘은 매 순간 푸르름을 더하고 이를 유선형으로 가르면서 새의 무리가 보금자리로 돌아간다. 평원은 밀 이삭과 오렌지 열매로 금갈색을 띠고 술렁거렸으며 아득히 동쪽과 북쪽으로 이어진 산봉우리는 만년설에 일몰의 여광을 반사해 길 가는 이들의 눈에 무지갯빛 파도를 드리운다. 여행자들은 느릅나무며 사이프러스며 포플러 같은 가로수 사이로 뻗은 길을 따라 말을 타고, 혹은 걸어서 이동한다. 왕도 엑바타나의 성문이 닫히기 전에 도착하고자 서두르면서.

……원래 파르스의 가을 저녁은 이래야 마땅했다. 그

러나 지금 밀밭은 화염에 휩싸여 시커먼 연기를 뿜었고 길 위에는 학살당한 농민의 시체가 겹겹이 쌓였으며 공기는 피 냄새로 가득했다.

아트로파테네에서 참패한 후, 파르스 왕국의 수도 엑바타나는 루시타니아군에 포위되었다.

왕도 엑바타나는 그저 파르스 한 나라의 수도일 뿐만 아니라 광대한 대륙을 동서로 관통하는 '대륙공로'의 가장 중요한 중계지점이기도 하다. 동서 뭇 나라에서 대상이 모여들어 세리카의 비단과 도자기와 종이와 차, 파르하르 공국의 비취翡翠와 홍옥紅玉, 투란 왕국의 말, 신두라의 상아와 가죽제품과 청동기青銅器, 마르얌 왕국의 올리브유와 양모와 포도주, 미스르 왕국의 융단 등등 온갖 상품이 모여들어 교역의 열기로 뜨거웠다.

대륙공로의 공용어인 파르스어 외에도 수십 가지 언어가 한데 뒤섞여 인간과 말과 낙타와 당나귀가 석재로 포장된 길을 오갔다. 주점에서는 금발의 마르얌 여성, 흑발의 신두라 여성, 각국의 미녀가 아름다움을 뽐내며 여러 나라의 이름난 술을 손님의 잔에 따라주었다. 세리카의 곡예사, 투란의 곡마사, 미스르의 마술사가 절묘한 기술로 사람들에게 기쁨을 주며 파르하르 공국의 악사가 피리 소리를 퍼뜨린다. 엑바타나의 번영은 이렇게 300년이나 이어져왔다.

그러나 현재 여행자의 무리는 끊어지고 옥좌에 샤오 안드라고라스의 모습은 없었으며 불안의 구름이 왕도를 뒤덮고 있었다.

엑바타나의 성벽은 동서로 1.6파르상(약 8킬로미터), 남북으로 1.2파르상(약 6킬로미터), 높이 12가즈(약 12미터), 두께는 위쪽이 7가즈(약 7미터)에 이른다. 아홉 곳의 성문은 이중 철문으로 보호받고 있다. 몇 해 전에 미스르 왕국의 대군에 포위되었을 때에도 꿈쩍하지 않았던 성이다.

"하지만 그때는 성 안에 안드라고라스 폐하가 계셨지. 지금은……."

삼, 가르샤스흐, 두 마르즈반이 있다 해도 샤오의 행방을 알 수 없어 왕비 타흐미네 이하 성내 사람들의 불안은 나날이 높아지기만 했다.

갑자기 기묘한 일이 일어났다. 성을 에워싼 루시타니아군의 선두에 10기 정도의 병사에게 호위를 받으며 지붕 없는 마차 한 대가 앞으로 나왔던 것이다. 마부 외에 두 명이 그 위에 타고 있었다. 그 중에서 키가 큰 사람의 모습을 어둑해져가는 하늘 아래에서 간신히 알아본 파르스군은 동요했다.

그는 파르스의 마르즈반 중 하나인 샤푸르였다. 목에는 굵은 가죽끈이 이중으로 감겼고 두 손목은 등 뒤로 돌아가 역시 가죽끈으로 묶였다. 온몸은 피와 진흙투성이였으며 특히 이마와 오른쪽 옆구리의 부상이 깊어 붕대 밑에서 배어나온 핏자국은 한순간마다 영역을 넓혀 나갔다. 파르스 병사들은 목소리를 죽인 채 용명 높은 마르즈반의 처참한 모습을 바라보았다.

"들어라, 신을 두려워 않는 성내의 이교도들이여."

독특한 억양의 파르스어로 외치는 소리가 쩌렁쩌렁 울려 퍼져 성벽 위의 병사들은 샤푸르 옆에 서 있는 시커먼 옷차림의 조그만 사내에게 주의를 집중했다.

"나는 유일절대신 이알다바오트를 섬기는 성직자, 대주교이자 인퀴시티아(이단심문관)인 보댕이다. 그대들 이교도들에게 신의 뜻을 전하고자 이곳에 왔다. 이 이교도의 육체로 이를 전할 것이다."

보댕은 중상을 입은 파르스 무인을 올려다보았다. 그 눈은 잔인함 그 자체였다.

"처음에는 이놈의 왼발 새끼발가락을 자를 것이다."

입맛을 다시듯 입술을 핥는 소리가 들렸다.

"다음으로는 약지를, 그다음으로는 중지를…… 왼발이 끝나면 다음은 오른발, 그다음은 손이다. 신을 거역한 자의 말로를 너희 이교도들에게 똑똑히 깨닫게 해 주마."

성벽에 있던 파르스 병사들은 대주교의 잔인함을 욕했

으나 정작 보댕을 분노케 한 것은 루시타니아 진영에서 터져나온 비난의 목소리였다. 작지만 또렷이 들려왔다.

"천벌 받을 놈!"

대주교는 아군 진영을 노려보더니 비난에 대답하듯 시커먼 옷을 걸친 가슴을 젖히며 루시타니아어로 부르짖었다.

"이놈은 이교도다! 유일절대신 이알다바오트를 숭상하지 않는 악마의 사도, 빛을 저버렸으며 암흑 속에서 태어나고 자라난 저주 받은 자다. 이교도에게 자비를 베풀다니, 신을 저버리는 행위다!"

이때 피와 진흙으로 지저분해진 마르즈반의 두 눈이 빛나고 입이 벌어졌다.

"네놈 따위가 어디 감히 나의 신앙을 운운하느냐."

샤푸르는 내뱉었다. 그는 루시타니아어를 몰랐지만 대주교의 광태狂態를 보노라면 무슨 말을 하는지는 감이 잡혔다.

"냉큼 죽여라. 네놈들의 신 따위에게 구원을 받느니 지옥이든 어디든 가 주마. 그리고 그곳에서 네놈들의 신과 국가가 네놈들 자신의 잔인함에 잡아먹히는 모습을 지켜보겠다."

대주교는 펄쩍 뛰더니 손에 든 지팡이로 샤푸르의 입을 호되게 후려쳤다. 섬뜩한 소리가 나며 입술이 찢어지고 앞니가 부서지며 피가 튀었다.

"이교도놈! 천벌을 받을 놈."

매도와 함께 옆얼굴을 두 번째로 후려치자 지팡이가 부러졌다. 아마 광대뼈도 부서졌겠지만 샤푸르는 붉게 물든 입을 벌리고 여전히 외쳐댔다.

"엑바타나의 동포여! 나를 생각해준다면 나를 화살로 쏘아다오! 어차피 나는 글렀다. 루시타니아 야민인에게 지분지분 죽어가느니 아군의 화살에 죽고 싶다!"

그는 마지막까지 말을 이을 수 없었다. 대주교가 펄펄 뛰며 고함을 지르자 루시타니아 병사 두 사람이 달려오더니 한 사람은 샤푸르의 허벅지에 검을 꽂고 한 사람은 채찍을 휘둘러 가슴을 후려쳤다. 엑바타나의 성벽에서 분노와 동정의 외침이 들려왔으나 불행한 용사를 구할 방법은 전혀 없을 것만 같았다.

그때 날카롭게 바람을 가르는 소리가 사람들의 귀를 때렸다. 루시타니아 사람들도 파르스 사람들도 모두 보았다. 엑바타나의 성벽 위에서 날아든 화살 한 발이 샤푸르의 두 눈 사이에 꽂혀 그를 영원히 고통으로부터 구원해주는 모습을.

놀라 신음하는 소리가 여기저기서 났다. 성벽에서 샤푸르의 몸까지 얼마나 떨어졌는지 생각해봤을 때, 화살 한 발로 그를 즉사시키다니 그 궁력弓力이 실로 무시무시함을 알 수 있었다. 성벽 한 곳에 서 있던 사람을 향해 루시타니아군의 진영에서 열 발 정도의 화살이 날아갔으나 명중은 고사하고 성벽 위에 도달한 것조차 없었다.

사람들의 시선이 한 곳에 집중되고 칭송과 호기심의 술렁거림이 생겨났다. 성벽에서 활을 쏜 것은 한 젊은이였다. 갑주를 입은 병사가 아니었다. 손에 활을 들고 허리에 검을 차기는 했지만, 자수가 들어간 모자를 쓰고 역시 자수가 들어간 겉옷을 걸친, 여행자 풍의 젊은이였다. 발치에는 우드(비파琵琶)가 놓여 있었다. 병사 둘이 빠른 걸음으로 젊은이에게 다가가 말을 걸었다.

"왕비님께서 부르시오. 용사 샤푸르를 고통에서 해방해준 자에게 합당한 은상을 내리시겠노라 하시었소."

"호오…… 살인죄는 묻지 않으시겠다던가?"

젊은이의 목소리에는 가벼운 빈정거림이 담겨 있었다.

II

타흐미네 왕비는 알현실에서 무명의 명궁을 기다리고 있었다. 옥좌 좌우에는 왕도에 남은 중신들, 재상 후스라브, 마르즈반 가르샤스흐와 마르즈반 삼을 대동했다.

올해 서른여섯 살인 왕비는 나이보다도 젊게 보였다.

그렇다기보다는 차라리 나이를 짐작할 수 없는 아름다움이라 해야 하리라. 까만 머리에 까만 눈, 상아색 피부는 보석과 비단으로 장식되어 한층 영롱하게 빛을 발하는 것 같았다.

옥좌에서 10가즈 정도 떨어진 융단 위에 젊은이는 공손히 한쪽 무릎을 꿇고 앉았고, 왕비는 흥미롭다는 듯 그의 모습을 바라보았다.

"그대의 이름은 무엇이라 하는가."

"기이브라 하옵니다, 왕비마마. 유랑악사입지요."

자신을 기이브라 소개한 젊은이는 스물두세 살 정도인 것 같았다. 짙고 깊은 색조를 띤 적갈색 머리카락과 남색 눈동자를 가졌다. 키는 크지만 가녀리다고 표현해야 좋을 만한 체격과 섬세한 미모가 궁녀들에게서 감탄 어린 속삭임을 자아냈다. 하지만 왕비를 바라보는 표정은 뻔뻔할 정도로 대담했다. 조금 전의 훌륭한 궁술도 그렇고, 단순히 음악을 생업으로 삼아 세상을 떠돌아다니는 자라고는 생각할 수 없었다. 왕비가 고개를 갸웃하고 있으려니 램프 불빛이 그에 호응하듯 일렁거렸다.

"악사라고 하였네만, 어떠한 일을 할 수 있는가."

"우드를 켤 줄 압니다, 왕비마마. 그 외에는 피리도 불고 노래도 부르고, 시도 짓고 춤도 추지요. 바르바트(수금竪琴)도 특기입니다."

겸손이라고는 전혀 보이지 않고 주워섬긴다.

"덧붙여 아뢰옵자면 활도 검도 창도 어지간한 이들보다는 잘 다룹니다."

마르즈반 삼이 살짝 눈썹을 찡그리고 가르샤스흐가 조롱하듯 나직한 웃음소리를 냈다. 용맹한 두 전사 앞에서는 지나친 호언장담이었다.

"그대의 활 솜씨는 나도 서쪽 탑에서 보았네. 충직한 샤푸르를 괴로움에서 구해주어 감사의 뜻을 전하는 바일세."

"황송하옵니다."

말은 그렇게 하면서도 이 젊은이는 분명히 인사 이외의 무언가를 기대하는 눈빛으로 왕비를 바라보았다.

그것은 숭배 혹은 동경처럼 보였다. 타흐미네 왕비의, 표현하기 힘들 정도로 아리따운 미모를 앞에 둔 젊은 남자가 가장 품기 쉬운 감정이었으며, 타흐미네 또한 이를 받아들이는 데에 익숙했다.

그러나 사실은 그렇지 않았다. 뻔뻔하게도 이는 일국의 왕비를 여자로서 품평하는 눈빛이었으며, 나아가서는 그저 말로만 칭송해주면 아쉬우니 무언가 형태가 있는 것으로 감사를 표현해 달라는, 그러한 의사까지 표명하고 있었다.

그때 왕비의 좌우에 시립한 궁녀들의 무리에서 한 사

람이 튀어나와 목소리를 높였다.

"왕비마마! 아뢰옵기 황송하오나 그자를 저는 잘 알고 있나이다. 터무니없는 사내이옵니다."

궁녀는 손가락을 들어 '유랑악사'를 규탄했다.

"이자를 믿으셔서는 아니 되옵니다. 저를 속인 사기꾼이옵니다."

"그대를 속였다고? 그것이 무슨 뜻이냐."

"이자와 저를 대질시켜 주시면 아시게 될 것이옵니다."

왕비가 허락하자 궁녀는 기이브를 노려보며 힐난했다.

"자신은 시스탄 후국侯國의 왕자이며, 마르단으로서 수행하고자 악사로 위장하여 뭇 나라들을 여행하고 있다고…… 바로 며칠 전 밤, 당신은 나에게 그렇게 말하지 않았던가요?"

"말했소."

"그런데 지금 왕비님께 자신은 악사라고 했나요? 그렇다면 그 말은 거짓말이었군요?!"

궁녀가 째지는 목소리로 말하자 기이브는 태연히 턱을 쓰다듬었다.

"그렇게 매몰차게 말할 필요는 없지 않소? 그것은 나의 꿈이고, 그대는 그 꿈을 하룻밤 나와 공유하였소. 그리고 어둠이 여명에게 자리를 내주었을 때 꿈은 풀잎에 맺힌 이슬과도 같이 사라져 다시는 돌아오지 않는 법.

아름다운 추억이 남을 뿐이라오."

낯뜨겁다는 말은 바로 이러한 대사를 위해 존재하는 형용일 텐데, 기이브가 음악적인 목소리로 읊조리면 그럴듯하게 들리니 신기할 따름이었다.

"이보시오, 기껏 함께 나눈 아름다운 꿈을 추한 현실의 검으로 베어버리다니, 그런 어리석은 짓이 어디 있소? 그대만 수긍했더라면 꿈은 추억이 되고, 더욱 달콤하고 황홀한 것으로 남아 그대의 인생을 오색영롱하게 물들여주었을 것을. 억지로 현세의 법도와 이해득실로 재려 하다니, 참으로 우둔하구려. 일부러 불모의 길을 걸을 필요는 없을 텐데."

다시 말해 기이브는 이 궁녀를 달콤한 말로 꼬드겨 돈을 뜯어냈던 것이다. 궁녀가 대답도 못하고 있으려니 그는 다시 왕비를 돌아보았다.

"시스탄이란 아득한 과거의 국명이며 현존하지 않는 바, 그 누구에게도 피해를 줄 일이 없나이다. 그보다도 소인은 의아하옵니다. 어찌 세상 여인들은 이리도 왕자라는 존재에게 약한지요. 아무리 성실한 애인이 있다 한들 여인은 이를 버리고 왕자라 자칭하는 정체 모를 나그네에게 몸을 맡기고 마는지요. 경박한 여성에게는 그야말로 경박한 꿈이 어울리는 법이라 사료되옵니다."

뻔뻔하게도 고의로 논점마저 흐려버리기는 했지만, 사

실 기이브란 젊은이는 잠자코 있으면 왕족으로도 통할 만한 우아함과 고상함을 갖추었다. 현실이라기보다는 오히려 젊은 여자의 몽상에나 어울릴 법한 그런 미모였다.

"그대가 능변가임은 잘 알겠네. 이미 활 실력도 보았고. 그렇다면 이제는 그대의 본디 직업으로 돌아가 기예를 보여주어야 하지 않겠는가."

타흐미네 왕비가 가볍게 한쪽 손을 들자 궁녀가 황금으로 만든 바르바트를 가져왔다. 기이브는 이를 받아들더니 자신만만하게 켜기 시작했다.

기이브의 바르바트 솜씨는 완벽하지는 않다 해도 이 자리에는 알아차릴 만한 사람이 없었다. 귀가 충분히 고급스러워진 궁정 사람들에게도 그가 자아내는 바르바트의 음색은 우아하면서도 유려했으며, 특히 여성들에게는 관능적이기까지 했다.

한 곡을 다 켜자 여성들은 미모의 악사에게 뜨거운 박수를 바쳤으며 남자들은 반쯤 마지못해 손뼉을 쳤다.

타흐미네 왕비는 시종에게 명해 기이브에게 디나르 이백 닢을 하사했다. 백 닢은 활 솜씨에, 백 닢은 음악에 내린다는 명목이었다. 공손히 고개를 숙이며 기이브는 마음속으로 왕비가 의외로 쩨쩨하다고 투덜거렸다. 보상으로 금화 오백 닢 정도는 내려주리라 생각했던 것이다. 그러자 왕비가 말했다.

"그대가 나의 시녀를 속인 죗값은 제하였으니 그리 알게."

기이브는 더 깊이 고개를 숙였다.

III

기이브가 자아낸 바르바트의 음색이 미치지 못하는 성벽 주위에서는 불과 검이 살육의 곡을 연주하고 있었다. 인질이 사살되어 잠시 당황했던 루시타니아군도 이제는 성벽에 공격을 재개했으며, 파르스군은 이에 맞서 성벽 위에 진을 쳤다. 루시타니아군의 탑차가 성벽으로 다가오는 모습을 보고 한 병사가 마르즈반 삼에게 다급히 이 내용을 알렸다.

"저것입니다. 저 탑차에서 쏜 불화살 때문에 우리 군이 고전했던 것입니다."

"저러한 아이들 장난질에 말이냐."

혀를 찬 삼은 병사들에게 지시를 내려 기름을 채운 양가죽 자루를 마련케 했다. 탑차에서 쏜 화살은 방패를 배치해 막아내고, 사격이 끊어진 순간 자루를 투석기에 실어 쏘았다. 명중한 자루는 터진 이음매에서 기름을 쏟아내 탑차는 물론 여기에 탄 병사들까지도 적셨다.

"불화살을 쏴라!"

명령에 호응해 수백 발의 불화살이 허공에 붉은 궤적을 그렸다. 성벽에서 보면 탑차는 수평 위치에 있었으며 앞을 가로막는 것도 없었다.

루시타니아군의 탑차는 그대로 불의 탑이 되었다. 온몸이 화염에 휩싸인 루시타니아 병사가 절규하며 지상으로 굴러떨어지고 마침내는 탑차 자체가 무너졌다.

탑차를 잃은 루시다니아군은 공성용 긴 사다리를 잇달아 성벽에 걸치고 기어오르기 시작했다. 여기에 성벽 위의 파르스군은 적의 머리 위에서 화살을 퍼붓고, 펄펄 끓는 기름을 부은 다음 불화살을 쏘았으며, 때로는 투석기로 거대한 돌을 떨어뜨려 루시타니아 병사들을 짓이겼다. 가끔 성벽 위에 도달한 루시타니아 병사도 있었으나 모조리 파르스 수비병들에게 에워싸인 채 도륙당했다.

이렇게 엑바타나 포위전은 열흘에 걸쳐 치러졌으며 루시타니아군은 성벽 안으로 한 걸음도 들어올 수 없었다. 아트로파테네 회전에서 이미 5만 병사를 잃은 루시타니아는 힘에만 의존한 정면공격의 우를 깨달았는지 드디어 심리공격에 나섰다.

11월 5일, 루시타니아군의 선봉에 백을 넘는 숫자의 머리를 늘어놓은 효수대가 나타났다. '항복하라. 그렇지 않으면 이리될 것이다' 라는 협박은 단순하기 그지없었지만 생전에 익숙했던 얼굴을 발견한 자들의 충격은 가볍지 않았다. 왕궁에 보고하러 달려온 마르즈반 삼을 바라보는 타흐미네의 낯빛은 창백했다.

"설마, 설마 폐하가……."

"아니옵니다, 마마. 폐하의 수급이 효수되지는 않았나이다. 에란 바흐리즈 공, 그리고 마르즈반 마누세르흐, 마르즈반 하이르가……."

삼의 목소리는 이를 가는 소리로 바뀌었다. 함께 전장에서 말을 몰았으며 술잔을 주고받던 자들의 목을 보고 평정심을 유지할 수는 없었다.

성내의 군사 최고책임자인 가르샤스흐와 삼은 이따금 의견대립을 보였다.

마르즈반 가르샤스흐가 주장했다.

"삼, 성문을 열고 나가야 하네. 무엇을 위해 기병이 존재하는가. 이 이상 루시타니아 야만족들이 마음대로 설치게 내버려둘 수는 없네."

"조바심 내지 말게. 성내에는 10만 병사가 있고 식량도 무기도 충분하지 않나. 동방국경에서 원군이 올 때까지 견뎠다가 그들과 호응해 루시타니아군을 성벽 안팎으로 협공하면 놈들의 군세는 하루아침에 무너질 걸세. 일부러 출격할 필요가 어디 있나."

가르샤스흐는 속전속결을 주장했으며 삼은 지구전을 주장했다. 또한 성 밖에서 루시타니아군이 성내의 굴람들에게 해방과 봉기를 부추겼을 때 가르샤스흐는 힘으로 이들을 억누르려 했으나, 삼은 그런 짓은 굴람의 반감을 사 오히려 불안을 조장할 뿐이라고 반대했다.

"몇 번이나 말하네만 조바심 내지 말게. 키슈바드가 있네. 바흐만도. 그들이 반드시 병사를 이끌고 달려와 줄 걸세."

"언제 오지?"

가르샤스흐의 반문은 짧지만 매우 신랄했다. 삼도 대답할 도리가 없었다. 동방국경을 지키는 키슈바드와 바흐만이 아트로파테네의 패보敗報를 듣고 즉시 왕도를 구하고자 달려와준다 해도 한 달은 걸릴지 모른다. 게다가 삼과 가르샤스흐에게는 군사방면 외에도 심각한 문제가 있었다.

"폐하도 왕태자 전하도 안부를 알 수 없네. 대체 우리는 어느 분을 주인으로 모시고 이 전쟁을 계속해야 한단 말인가?"

가르샤스흐의 말이었다.

"만일 두 분께 만에 하나라도 무슨 일이 생긴다면 파르스 왕국은 어떻게 되겠나?"

"그때는 타흐미네 왕비마마께서 대관하시어 여왕으로서 이 나라를 통치케 하실 수밖에."

"쯧……."

가르샤스흐는 혀를 찼다.

"그리된다면 바다흐샨의 유민들이 참으로 기뻐하겠군. 옛 바다흐샨의 공비公妃가 파르스의 여왕이 되다니! 결국 바다흐샨이 이긴 셈 아닌가."

"지난 일에 집착하지 말게. 옛날은 옛날이고, 지금은 분명히 우리나라의 왕비마마일세. 달리 모실 분도 없지 않은가."

그들이 이야기를 나누는 동안에도 루시타니아군의 공세는 이어지고 있었다. 특히 성내의 굴람들에 대한 호소가 더더욱 극심해졌다.

"성내의 박해받는 자들이여, 인간이 살아가는 세상에 노예가 있어서는 안 된다. 이알다바오트 신 아래에서는 만인이 평등하다. 왕이든 기사든 농민이든 신 아래에서는 똑같은 신도이다. 언제까지 압정에 시달리며 신음할 것인가. 그대들의 존엄을 지키기 위해 사슬을 끊고 일어나라!"

"무슨 헛소리. 우리를 박해한 건 네놈들이 아니더냐."

씁쓸하게 중얼거리는 가르샤스흐에게 급보가 날아들었다.

"대신전의 굴람들이 불을 질렀습니다. 신관들을 사슬로 때려죽이고 서쪽 성문을 열어 루시타니아군을 불러들이려 하고 있습니다."

그때 가르샤스흐는 북문 위에서 방어전을 지휘하던 중이었으나 부하에게 자리를 맡기고 혼자 말에 뛰어올라 서문으로 달려갔다. 불꽃과 연기가 피어나는 가운데 굴람과 병사의 무리가 한데 뒤섞여 서로 싸우고 있었다.

"성문을 지켜라! 열게 해선 안 된다."

말을 몰아 가르샤스흐가 성문에 도착하자 횃불이며 막대기를 든 굴람들은 처음에는 도망치려는 눈치를 보였으나 상대가 혼자임을 알고는 무리를 지어 몰려들었다. 그들은 가르샤스흐를 말에서 끌어내리려 했다.

가르샤스흐의 검이 말 위에서 좌로 우로 백광이 되어 번뜩일 때마다 이에 대답하듯 지상에서는 선혈이 솟고 시체가 돌바닥 위로 굴러갔다. 비명이 일어나고 이번에야말로 굴람들이 도망치려 했을 때 삼과 그가 이끄는 병사들이 주위를 에워쌌다. 간신히 성문을 지켜냈다.

"가르샤스흐, 굴람을 죽인다고 자랑거리가 되겠나?"

삼이 씁쓸하게 내뱉자 가르샤스흐는 격분했다.

"놈들은 굴람이 아니라 모반자일세!"

"겨우 막대기나 든 모반자?"

"마음에는 검을 품고 있네."

날카로운 반론에 삼은 입을 다물었으나, 채찍질을 당하며 끌려가는 굴람들을 바라보며 다시 말했다.

"보게, 그들의 눈을. 가르샤스흐 그대는 열 명의 모반자를 죽였으나 대신 천 명의 모반자를 낳았네."

삼의 예언은 적중했다.

이튿날, 북쪽 성문 부근에서 노예용 가건물에 갇혀 있던 굴람들이 봉기했다.

잇따른 굴람의 폭동에 견디다 못한 마르즈반 삼은 타흐미네 왕비에게 면회를 청해 충분한 설명과 함께 사태의 개선책을 진언했다.

"이제는 다른 방책이 없사옵니다, 왕비마마. 성내의 굴람을 모두 해방하시어 아자트로 삼고 그들에게 보수와 무기를 지급해 주시옵소서. 그렇지 않고서는 난공불락의 왕성도 그림 속의 광경으로 전락하고 말 것이옵니다."

왕비는 가느다란 눈썹을 모으며 곤혹스러운 낯빛을 띠었다.

"삼 공의 말씀을 이해하지 못하는 바는 아니오나 바스푸흐란(왕족), 바주르간(귀족), 아자탄(기사), 아자트, 굴람으로 이어지는 신분제는 파르스 사회의 초석입니다. 한때의 안정을 위해 국가의 기초를 뒤흔든다면 폐하께서 성으로 돌아오셨을 때 드릴 말씀이 없습니다."

삼은 왕비의 완고함에 한숨을 쉬었다.

"외람된 말씀이오나 왕비마마, 그 초석이 바로 지금 왕도를 위험에 빠뜨리고 있나이다. 누가 사슬에 묶인 채 국가를 위해 싸우겠나이까. 왕도를 포위한 적은 우리가 굴람에게 줄 수 없는 것을 주겠노라 약속하고 있나이다. 그러한 약속을 믿을 수는 없사오나, 굴람의 처지에서는 현재에 희망이 없는 이상 그 약속을 믿고 싶은 것도 당연한 노릇이옵니다."

"알겠습니다. 선처하겠습니다."

왕비는 그 이상 언질을 주지 않아 삼은 퇴실할 수밖에 없었다.

상황은 악화되기만 했다.

왕궁에서 객실 하나를 받은 악사 기이브는 전화와 혼란을 남의 일처럼 여기며 유유자적 맛있는 식사와 게으름에 젖어 있었으나, 어느 날 밤 재상 후스라브에게 호출을 받아 그의 집무실로 나갔다.

위장이 약한지 빈민처럼 말라빠진 재상은 젊은 악사에게 아첨하는 듯한 미소를 지었다.

"그대는 활만이 아니라 지혜도 뛰어난 줄로 아네만,

어떤가?"

"어렸을 때부터 그런 말을 많이 들었죠."

기이브는 뻔뻔스럽게 상대의 아부를 받아넘기고, 후스라브는 대답이 곤궁해져 벽의 세밀화로 시선을 보냈다. 그러고 나서야 깨달았다는 듯 기이브에게 의자를 권했다. 자신의 처지가 우위임을 눈치챈 젊은 악사는 사양 않고 자리에 앉았다.

"그래서 그대의 지혜를 보고 긴히 할 말이 있네만, 부탁을 들어줄 수 있겠나?"

기이브는 당장 대답하지는 않고, 시선을 재상의 얼굴에 고정시킨 채 온몸으로 주위의 기척을 느껴보았다. 검과 갑주의 금속적인 기척이 느껴졌다. 재상의 청을 거절하면 완전무장한 기사의 무리를 상대로 싸워야 할 것이다. 심지어 지금 기이브는 맨손이었다. 여차하면 재상을 방패로 삼는 방법도 있으나 이 말라깽이 고관은 의외로 몸놀림이 잽쌀 것 같기도 했다.

"어떤가, 받아주겠나?"

"글쎄요…… 정당한 이유와 정당한 보수, 그리고 성공의 가능성이 있다면 한번 받아들여 보겠습니다만."

"이유는 파르스 왕국의 존속, 오로지 그뿐일세. 보수는 충분히 지불하겠네."

"재상님께서 그렇게 말씀하신다면 미력하나마 힘을

보태드리겠습니다."

후스라브는 만족스럽게 고개를 끄덕였다.

"그렇군. 그 말을 들으시면 왕비마마께서도 기뻐하실 걸세."

"왕비마마?!"

"그대를 보고자 한 것은 나만의 뜻이 아니었네. 왕비마마의 의향이 있었기에 부른 것이지. 마마께서 그대를 신뢰하신다는 말일세."

"이것 참, 일개 유랑악사를 이리도 믿어주신다니 몸 둘 바를 모르겠습니다."

솔직하지 못한 것은 피차일반이었다. 권력자의 아부를 믿는 자는 돼지보다도 저능하다.

"부탁이란 비밀통로를 통해 왕비마마를 성 밖의 안전한 곳으로 모셔가 달라는 것일세, 기이브."

"왕비마마께서는 왕도를 탈출하십니까?"

"그렇지."

"왕도란 왕과 왕비가 있어야 왕도가 아니던가요? 그런 두 분이 모두 사라지면 엑바타나는 왕도라고 불릴 수 없게 되겠군요."

비아냥거리는 말은 잘 울리는 아름다운 목소리에 에워싸여 흘러나왔으므로 재상은 그의 의도를 깨닫지 못한 모양이었다.

"왕비마마께서 엑바타나를 탈출하시고 폐하와 함께 안전한 곳에서 파르스의 왕권이 건재함을 증명해주시면 충성스러운 장병과 민중은 그곳으로 결집할 걸세. 딱히 엑바타나에 집착할 이유는 없네."

세상일이 그렇게 마음대로 돌아갈까.

"엑바타나 성내에는 백만 민중이 있습니다. 그들은 어떻게 되는 겁니까?"

기이브의 지적은 순식간에 재상을 언짢게 만들었다. 비아냥거림이 아니라 규탄이었기에 그도 못 알아차릴 수가 없었다.

"그대와는 상관없는 일일세. 지금은 왕실을 지키는 일이 중요하지, 일일이 평민들을 신경 쓸 상황이 아닐세."

'……이렇다니깐. 이러니까 선량한 백성들은 스스로 자기 몸을 지킬 수밖에 없는 거야. 나처럼.'

재상은 신통력의 소유자가 아니었으므로 기이브의 마음속 혼잣말을 읽어낼 수는 없었다. 그가 16년 동안 무사히 파르스 왕국의 재상을 지낼 수 있었던 것은 절대자인 안드라고라스 왕의 눈치를 교묘히 살펴 그의 역정을 사지 않고 궁정 안팎의 사무를 처리한 덕이었다.

모든 것은 안드라고라스가 결정한다. 후스라브는 샤오가 결정한 일을 실행하면 그만이었다. 그는 이따금 사복을 채우기도 했으나 대부분의 귀족이나 신관들에

비해 도가 지나쳤던 것도 아니었으며 고관이 지위를 이용하는 것도 백성이 권력자에게 봉사하는 것도 당연하다고 생각했다. 기이브와 같은 천한 유랑악사 따위에게 주제넘은 잔소리를 들을 이유가 없다.

기이브에게 백 닢의 디나르가 주어졌다. 기이브는 겉으로는 공손히 이를 받아들었다. 준다는 것을 거절할 이유는 없었다.

Ⅳ

기이브는 성 밖으로 이어지는 길고 긴 지하수로를 걷고 있었다. 돌과 벽돌로 다져놓은 수로는 곳곳에 횃불이 설치되었으며 흐르는 물의 깊이는 기이브의 정강이 절반 정도였다. 기이브와 그가 안내하는 까만 베일의 여인은 이미 한 시간 정도 어두운 통로를 걷고 있었다.

이 지하수로가 비상시에 왕족의 탈출에 쓰인다는 사실은 재상에게 들어서 알았다. 언제 어디서나 마찬가지다. 왕족이나 고관만을 위한 탈출로를 마련해놓고 일반 민중에게는 사용하지 못하게 한다. 존재조차 알리지 않는다. 민중이 적병에게 목숨을 잃어 시체로 벽을 쌓는 동안 왕이나 왕족들은 안전한 곳으로 도망치는 것이다. 반대여야 하지 않는가. 국가가 없어지면 난감해질 사람은 왕이지 민중이 아닌데도.

'그건 그렇다 치고, 다들 사람을 만만하게 봤군.'

기이브는 자신과 재상 양쪽을 모두 비웃었다. 왕비가 가신 한 명, 궁녀 한 명도 대동하지 않고 유랑악사 따위에게 운명을 맡길 리가 있겠는가. 그런 일은 음유시인의 망상에서밖에 존재하지 않는다.

"피곤하실 텐데, 좀 쉬었다 가시겠습니까?"

검은 베일을 쓴 여자는 말없이 고개를 가로저었다. 목소리는 체형만큼 닮지 않았기 때문이리라.

"무리할 것 없어. 왕비마마인 척하는 것도 힘들 텐데."

긴 침묵은 체념한 목소리에 깨졌다. 역시 다른 사람의 목소리였다.

"어떻게 알았나요?"

"향기로."

기이브는 모양 좋은 콧날에 손가락을 가져가며 웃음을 지었다.

"당신과 왕비님은 살결의 향기가 다르거든. 설령 같은 향수를 쓴다 해도."

"……."

"당신이 왕비님의 대역이 되고, 그동안 거짓말쟁이 왕비님을 피신시키는 그런 작전 아닌가?"

궁녀는 잠자코 있었다.

"신분 높은 사람들은 늘 똑같아. 타인이 봉사해주는 게 당연하다고 생각하지. 남이 자신을 위해 희생되어도 당연히 여기고, 감사할 줄도 모르고. 참 넉살도 좋군."

"왕비님을 비방하면 용서하지 않겠어요."

"어라라……."

"왕비님과 재상님의 생각이 어떤 것이든, 저는 명령에 따라 자신의 역할을 충실히 다할 뿐이에요."

"그런 걸 노예근성이라고 하지."

기이브는 너무나도 가차 없이 말했다.

"당신처럼 헌신적인 인간이 있으니 신분 높은 것들이 설쳐대는 거야. 놈들의 오만을 조장해, 결국 당신 친구들을 괴롭히는 거라고. 난 그런 역할은 사양하겠어."

"그러면 이 이상 나를 데리고 앞으로 가지 않겠다는 말인가요?"

"글쎄. 내가 맡은 건 왕비님의 호위였지, 왕비님으로 둔갑한 궁녀의 호위는 아니었거든. 여기서 그만둔다 한들 누가 뭐라고 하겠어?"

기이브는 재빨리 긴 몸을 뒤로 젖혀 궁녀가 뽑아 든 단검의 일격을 피했다. 이어지는 두 번째 공격도 가볍게 피하고 쓴웃음을 지었다.

"이봐, 관두라고. 난 불충한 몸이지만 미인에게 검을 들이댈 마음은 없어."

그 쓴웃음은 한순간에 안개처럼 사라지고 말았다. 단검이 두 번째 일격을 날린 것과 동시에 궁녀의 무릎이 기이브의 가랑이를 호되게 걷어찼던 것이다.

"……!"

아무리 기이브라 해도 더 이상 입살맞은 소리를 하지는 못했다. 그사이에 궁녀는 물소리를 내며 뛰어갔다. 왕궁으로 돌아가 사정을 설명할 생각인 것이다. 기이브는 방향이 반대라고 하고 싶었지만 목소리도 나오지 않았다.

한동안 달렸을 때 궁녀는 방향을 잃고, 얼마 안 되는 횃불 불빛 밑에서 걸음을 멈추었다. 이윽고 바로 근처에서 기이한 사람의 모습을 발견하고 비명을 질렀다.

"이런, 영광스러운 파르스의 왕비님은 민중의 고난도 잊고 자기 혼자 탈출하실 심산이신가?"

횃불 불빛이 은색 가면에 반사되어 빛의 파도를 살짝 튕겨냈다.

"그 안드라고라스 놈과 잘 어울리는 부부라고 해야겠군. 한쪽은 병사를 버리고 전장에서 도망치고, 한쪽은 수도와 백성을 내팽개치고 지하로 숨어들다니. 옥좌에 앉은 자의 책임은 어디로 갔는지."

기분 나쁜 은가면의 뒤쪽 어둠 속에는 십여 명의 그림자가 더 있었다. 궁녀는 공포 속에서 자신의 역할을 떠올렸다.

"그대는 누구인가?"

평범하지만 심각한 질문은 은가면 너머의 냉소에 부딪쳐 되돌아왔다.

"파르스에 참된 정의를 가져오려는 자다."

목소리는 벽과 물에 반사되어 어둠에 녹아들었다.

그것은 냉소였으나 야유하는 감정은 없었다. 적어도 은가면 자신은 자신이 정의임을 믿어 의심치 않는 것이다.

공포에 몸을 움츠리면서도 도망치고자 궁녀는 발밑의 물을 박찼다. 그리고 시선이 눈에 익은 얼굴 위를 지나가는 바람에 비명과도 같은 형태로 크게 뜨였다.

"마르즈반 칼란 님! 어째서 이런 곳에……."

"칼란 님이라고?"

캐물은 은가면은 한순간에 의혹을 확신으로 바꾸었다.

"이자는 왕비가 아니다!"

사내의 손이 베일을 뜯어내자, 단아하기는 하지만 타흐미네 왕비에게는 한참 미치지 못하는 젊은 여자의 얼굴이 드러났다. 공포로 새하얗게 화장을 한 얼굴을 노려보며 은가면은 사정을 모조리 깨달은 모양이었다.

"바흐리즈 늙은이도 그러더니…… 이놈이고 저놈이고 충신 행세로 나를 방해하는구나."

이를 가는 소리가 은가면의 가느다란 입에서 새나오자

주위의 기사들이 흠칫 몸을 움츠렸다.

궁녀의 얼굴이 공포로 굳고, 이어서 이를 압도하는 고통에 지배당했다. 은가면은 궁녀의 목을 붙든 손에 가차 없이 힘을 주었다. 두 눈 부분에 뚫린 가느다란 구멍에서 똑바로 쳐다볼 수도 없는 붉은빛이 쏟아져나오고 있었다.

허공을 쥐어뜯던 궁녀의 두 팔이 축 늘어진 후로도 은가면은 계속 두 손에 힘을 주었다. 둔탁한 소리를 내며 목뼈가 부러진 후에야 겨우 불행한 궁녀를 풀어주었다.

궁녀의 몸은 얕은 수면에 나무토막처럼 쓰러지고, 튀어오른 물보라는 은가면의 표면에 물방울을 만들어냈다.

은가면은 말없이 물속을 걸어 나가려 했다. 분노와 증오와 실망을 궁녀와 함께 수장해버린 것 같았다.

"잠깐!"

날카로운 목소리가 은가면의 걸음을 가로막았다. 일동이 돌아본 곳에는 우아하다고까지 할 수 있는 용모를 가진 젊은이가 있었으며, 출렁이는 횃불 불빛을 받으며 다가왔다.

"절세까진 아니지만 미인을 죽이다니, 무슨 짓이냐. 살아있었으면 뉘우치고 나를 벌어먹여줬을지도 모르는데."

그런 말을 하는 자는 자칭 '유랑악사' 기이브밖에 없었다. 그는 우호적이지는 않은 침묵 속을 침착한 걸음으로 다가오더니 반 이상 물에 잠긴 궁녀의 유체에 자신의 망토를 던져주었다.

"얼굴 좀 보여주면 어떨까, 미남 나리."

"……."

"혹시 그건 가면이 아니고, 혈관에 피 대신 수은이 흘러서 그런 얼굴이 되신 건가?"

"그대들은 저 시끄러운 모기를 밟아버리고 오라. 나는 진짜 왕비를 추격하겠다."

내뱉자마자 은가면은 훤칠한 몸을 돌렸다. 칼란이 그 뒤를 따르고 기사들 중 다섯이 기이브의 앞을 가로막았다.

칼이 잇달아 칼집에서 뽑히는 소리와 함께 다섯 자루의 검광이 기이브의 앞에 그물을 만들었다. 그러나 이를 상대하는 기이브도 만만치 않았다. 수로 벽을 등지고 네 방향에서 포위되는 것을 막았다. 그가 자신의 검을 뽑아들었을 때 첫 참격이 허공을 갈랐다.

지하수로의 벽과 천장이 칼날 소리에 이중 삼중의 반향을 더했다. 정강이까지 잠겼던 물이 솟구치며 횃불 불빛에 불길한 색을 더했다.

"하나!"

헤아리는 목소리와 함께 한층 커다란 물보라가 붉은색을 띠고 튀어올랐다.

기이브의 검이 횃불 불빛을 반사할 때마다 피와 물이 거꾸로 뒤집힌 폭포를 만들었다. 은가면이 그 자리에 있었다면 기이브의 날카로운 검기를 무시하지 못했을 것이다. 그래도 다섯 번째 기사를 검광 아래 거꾸러뜨렸을 때는 상당한 시간과 체력을 소비한 후였다. 손쉬운 적은 아니었다.

"그러면 거짓말쟁이 왕비님을 구하러 갈까, 아니면 받은 액수에 합당한 일만 하고 끝낼까."

기이브는 턱을 매만지며 생각에 잠겼으나, 결국 세 번째 길을 택하기로 했다. 지하수로를 반대 방향으로 거슬러 올라가 왕궁까지 돌아가서, 혼란을 틈타 보물을 조금 슬쩍하자는 것이었다. 자기 몸 하나만이라면 어떻게든 지켜낼 자신이 있었다.

걸음을 내디디려던 기이브는 멈춰 섰다. 막 그의 손에 베여 쓰러진 루시타니아 기사들의 몸을 뒤져 조그만 양모 자루를 몇 개 슬쩍했다. 자루 입구를 열고 루시타니아 금화가 있음을 확인하자 뻔뻔스럽게 사례하는 몸짓을 보였다.

"죽은 사람에게는 필요가 없는 물건이지. 내가 유용하게 써 줄 테니 고맙게 여기라고."

물론 대답은 없었으나 기이브는 개의치 않고 시체를 넘어 어두운 지하수로를 따라 엑바타나 성 안으로 돌아가기 시작했다.

V

궁전에서 이변이 발생했을 때 마르즈반 삼은 성문 위에서 방어 지휘를 하고 있었다. 이날 밤 루시타니아군의 공격은 한층 격렬했다. 사다리로 성벽을 기어오르는 적에게 화살비를 퍼부어 쫓아내고 또 쫓아내도 그때마다 진형을 재편성해 밀려들어왔다.

물론 지하수로로 침입하는 은가면 일행에게 호응하기 위해서였다. 파르스군에 숨 쉴 틈을 주어서는 안 되는 것이다.

성 아래에는 루시타니아 병사들의 시체가 켜켜이 쌓였지만 다시 그 위에 사다리를 세우고 성벽을 기어오르는 무시무시함을 보였다.

왕궁에 불길이 오른 것은 한밤중이 지났을 때였다. 성벽 위에서 이를 발견한 삼은 부하에게 방어전을 명령해놓고 자신은 성벽을 내려가 말을 타고 왕궁으로 달려갔다.

왕궁은 연기에 휩싸였으며 곳곳에서 검을 부딪치는 소리가 들려왔다. 말에서 뛰어내려, 달려드는 적을 두 사람까지 베어 넘긴 삼은 세 번째 적과 맞닥뜨렸을 때 경악하지 않을 수 없었다.

"자, 자네는, 칼란……!"

피에 젖은 검을 한 손에 들고 삼은 아연실색해 오랜 벗을 바라보았다. 그러나 그것도 한순간이었다. 아트로파테네의 전장에서 간신히 목숨을 부지해 왕도에 도착했던 병사가 말하지 않았던가. 칼란이 배신해 적에게 돌아섰기에 아군은 참패했다고. 그때는 믿지 않았으나 보고했던 자와 보고받은 자 중에서 누가 옳았는지, 해답은 여기 있다!

삼의 손목이 바람을 일으켰다.

검신과 검신이 격돌해 어둠 속에 불꽃이 튀었다. 다음 순간 두 사람은 위치를 바꾸고 있었다.

두 번째 공격은 칼란이 빨랐다. 밤바람을 가르며 날아든 참격. 그러나 삼의 검에 튕겨나가 목덜미까지는 이르지 못했다.

흐릿한 연기와 궁정 사람들의 비명 속에서 처절한 공방이 이어졌다. 칼란의 투구가 날아가고 삼의 갑옷에 균열이 일어났다. 칼날과 칼날이 기묘한 각도로 얽혀 두 사람은 지근거리에서 상대를 노려보았다. 이미 몇 합을 겨루었는지는 아무도 기억하지 못했다.

"칼란, 자네 왜 나라를 팔았나?"

"까닭이 있어서일세. 자네는 이해하지 못해."

"그야 당연하지. 어떻게 이해하란 말인가!"

칼날이 떨어지고 두 사람은 물러났다. 삼은 아연실색했다. 주위를 칼란의 일당에게 완전히 포위당했기 때문이었다. 그의 등 뒤쪽에서 투창을 들고 서 있는 은가면의 사내까지는 보지 못했지만. 삼과는 반대로 칼란은 여유를 품고 있었다.

"투항하게, 삼. 이알다바오트 교로 개종하면 자네의 목숨도 지위도 보장해주지."

"개가 인간의 지위를 운운하다니 우습기 짝이 없구나."

욕설을 퍼붓고 삼은 칼란의 얼굴을 향해 검을 내질렀다. 칼란이 몸을 슬쩍 돌려 이를 피했다. 한순간 발생한 틈을 놓치지 않고 삼은 땅을 박차 그 옆을 지나갔다. 전방을 가로막으려 하는 기사를 단합에 베어버리니 그 너머에는 사람이 없었다. 삼은 포위를 돌파하는 데 성공한 것처럼 보였다.

은가면의 손에서 투창이 날아든 것은 그 순간이었다. 무겁고 긴 창은 갑옷을 뚫고 삼의 등에서 가슴으로 빠져나왔다. 아무 소리도 내지 못하고 몸을 젖혔을 때 뒤를 따라온 두 기사가 검을 꽂았다.

한 자루의 투창과 두 자루의 검을 몸통에 꽂은 채로도 삼은 한동안 그 자리에 서 있었으나, 이윽고 무거운 갑주 소리를 내며 돌바닥 위에 쓰러졌다.

"……아깝군."

은가면의 중얼거림은 밤공기에 빨려 들어가 그 누구의 귀에도 들리지 않았을 테지만, 칼란이 고개를 끄덕인 이유는 본인이 그렇게 생각했기 때문일지도 모른다. 그는 옛 친구를 내려다보며 살짝 표정을 바꾸더니, 바닥에 무릎을 꿇고 삼의 맥을 짚어보았다.

"다행이군요. 아직 숨이 붙어 있사옵니다."

칼란이 열어놓은 성문을 통해 루시타니아군이 돌입했다. 비명을 지르며 도망쳐 다니는 엑바타나 시민들을 말발굽으로 짓이기고, 앞지르며 일격으로 머리를 부수거나 등에서 가슴으로 창을 꿰었다. 여자든 아이든 상관없었다. 이교도 한 명을 죽이면 천국에 한 걸음 다가갈 수 있는 것이다.

그러한 인마의 분류를 막아보고자 여전히 노력하는 자가 있었다. 가르샤스흐였다. 우왕좌왕하는 부하들을 질타하면서 검을 쳐들고 침입자들 앞으로 말을 몰아 가로막았다.

그러나 한순간, 루시타니아 병사가 내지른 창이 말의 앞다리 관절을 꿰뚫었다. 말은 높은 비명을 지르며 기수를 안장에서 떨어뜨리고 쓰러졌다. 지면에 내팽개쳐진 가르샤스흐가 간신히 몸을 일으켰을 때 루시타니아 병사들의 검이 위, 왼쪽, 오른쪽, 앞, 뒤 다섯 방향에서 꽂혔다. 마르즈반 가르샤스흐는 피투성이 고깃덩어리로 변했다.

새벽바람이 피 냄새를 싣고 엑바타나 시가지를 지나갔다.

피와 술에 취한 루시타니아 병사가 한 손으로 여자의 몸을 질질 끌며 시민의 시체를 타넘어 얼쩡거리고 있었다.

왕궁 한곳에서 은가면은 피와 추행에 더럽혀진 도시를 내려다보고 있었다.

"오늘의 승리를 한껏 자만하거라, 루시타니아 야만인들아."

은가면은 아군이어야 할 루시타니아군에게 모멸을 감추려고도 하지 않고 중얼거렸다.

"네놈들이 어리석고 피비린내 나는 연회에 빠져들면 빠져들수록 파르스의 백성들은 구세주를 갈구할 것이다. 네놈들을 몰아내고 국토를 회복시켜줄 영웅을 찾아 헤맬 것이다. 네놈들은 그때 오늘의 죄업을 갚게 되리라."

그의 발밑에서 또 한 무리의 루시타니아 병사들이 뛰어갔다. 대신전을 약탈하기 위해서였다.

파르스의 왕권을 두려워하지 않는 그들은 파르스의 신권 또한 두려워하지 않았다. 우상숭배의 본거지를 신의 이름으로 때려 부순다는 대의명분도 있다. 고생 끝에 대신전의 문을 뚫고 그들은 난입했다.

파르스 신화에 등장하는 신들의 상이 그들의 좌우에 늘어서 있었다.

황금 관을 쓰고 비버 가죽 옷을 걸친 물의 여신 아나히타. 출산의 여신이기도 하다.

황금 갈기를 가진 백마는 비의 신 티슈트리아의 화신化身이다.

거대한 까마귀 깃털을 손에 든 승리의 신 베레스라그나.

미와 행운의 여신, 처녀의 수호신인 찬란히 빛나는 아시.

천 개의 귀와 만 개의 눈을 가졌으며 천상계와 인계 전체를 안다고 일컬어지는 계약과 신의의 신이며 군신으로도 숭배를 받는 미스라.

이러한 신들의 상에 루시타니아 병사들은 소리를 지르며 몰려들더니 힘을 합쳐 좌대에서 끌어내리려 했다. 상의 재질이 모두 똑같지는 않았다. 대리석으로 만든 것도 있고 구리 위에 금박을 입힌 것도 있었다.

대리석상은 바닥에 떨어진 것과 동시에 부서졌다. 동

상은 몰려든 병사들의 손이며 칼에 금박이 벗겨졌다.

"이교의 신!"

"사악한 마신!"

신앙을 구실 삼아 병사들은 뜯어낸 금박을 주머니에 쑤셔넣고 신들의 얼굴에 침을 뱉었다.

"돼지는 돼지답게 구는 법이로군."

싸늘한 비웃음소리에 그들은 우뚝 동작을 멈추었다. 파르스 젊은이의 모습이 쓰러진 신상 사이에 있었다.

"이렇게나 아름다운 여신상을 무참히 부수려 하다니, 네놈들은 미를 감상할 줄도 모르는 거냐? 야만족임을 스스로 증명하는 짓이 아닐까?"

루시타니아 병사들은 서로 얼굴을 마주 보았다. 대륙 공로 공용어인 파르스어를 알아듣는 자가 있어서 그가 욕설로 대꾸했다.

"무슨 헛소리냐, 우상을 숭배하는 마도魔道의 무리가. 유일신 이알다바오트께서 세상의 종말에 강림하셨을 때 너희 이교도 놈들은 영원히 지옥에 떨어질 거다. 그때가 되어서 참회해봤자 소용없어!"

"너희 루시타니아 돼지 놈들이 거들먹거리는 천국에 누가 가고 싶겠냐."

젊은이, 즉 기이브는 언어의 독화살을 뿌리면서 언제든 검을 뽑을 수 있는 자세를 취하고 있었다. 루시타니아 병사들이 머릿수와 같은 숫자의 검을 뽑아 그의 주위를 에워싸기 시작했다.

"아름다운 행운의 여신 아시, 샘을 수호하시고 대지를 적셔주시는 여신이여."

미녀에게 바치는 한 편의 시를 읊듯 기이브는 하늘을 우러렀다.

"당신의 신도 중에서 가장 용모 수려한 미장부가 지저분한 루시타니아 돼지들에게 목숨을 잃으려 하옵니다. 자비가 있으시다면 가호를 내려주소서!"

파르스어를 알아듣는 자는 격노했으며 모르는 자도 불쾌감을 자극받았다. 분대장으로 보이는 병사가 날폭이 넓은 검을 치켜들었다.

기이브의 검이 달빛을 반사하며 은색 호를 그리더니 날아들던 루시타니아 분대장의 검을 하늘 높이 날려버렸다. 너무나도 간단히 패배한 분대장이 망연자실하고 있을 동안 기이브는 상대의 품으로 뛰어들고 있었다.

분대장의 오른 손목을 왼손으로 잡아 뒤튼 기이브는 오른손으론 장검을 수평으로 뻗어 루시타니아 병사들을 위협하면서 두 단, 세 단 돌계단을 내려가기 시작했다.

루시타니아 병사들은 당혹과 불안이 어린 시선을 교환하면서 주춤주춤 물러났다. 이 우아한 용모와 경박한 언동을 겸비한 젊은이가 가공할 만한 검사임을 톡톡히 깨달았던 것이다. 차라리 분대장이 그의 칼에 베여 쓰러졌더라면 패배감은 적었을지도 모른다.

"움직이지 마라, 천벌 받을 야만족들아."

반쯤 노래하듯 기이브는 루시타니아 병사들을 위협했다.

"한 걸음이라도 움직였다간 너희 대장은 앞으로 어깨 높이로만 키를 재야 할 거다. 인간 말을 알아듣는 놈은 다른 돼지들에게 통역해."

아주 마음대로 떠들어대고 있다.

"자, 아름다운 여신 아시여. 저는 당신의 분을 조금이나마 풀어드렸나이다. 이제부터 이 돼지들에게 속죄의 기부를 받을 생각이온데, 원래는 파르스의 양민들이나 왕궁에서 약탈한 것이오니 기꺼이 받아주시옵소서."

기이브가 목소리를 높였다.

"거기 있는 돼지, 망토 벗어. 그리고 너희가 약탈한 것들 모아다 거기 담아 와. 싫다고 하면 분대장의 키가……."

분명히 싫었겠지만 완전히 압도당한 루시타니아 병사들은 거역하지 않았다.

5분 후, 약탈품을 담은 망토를 분대장에게 짊어지게 한 기이브는 지하수로로 들어가고 있었다. 두꺼운 문 밖에서는 루시타니아 병사들이 새삼스레 소란을 떨어대고 있었지만 눈 하나 꿈쩍하지 않았다.

적당한 장소에서 대장의 머리를 칼자루로 후려쳐 기절시키고 벽에 기대 앉혀놓은 다음, 그때부터는 스스로 약탈품 꾸러미를 짊어지고 성 밖의 숲속을 통해 지상으로 나왔다.

왕성과는 반대방향에서 연기가 나고 있었다. 또 루시타니아군이 어딘가 부락을 불태우고 약탈과 학살을 자행하는 것이리라. 아침이 되면 창에 꿰뚫은 '이교도'의 수급 수백 개가 성벽 아래 효수될 것이다.

"정말로 처참하게 끝나는군."

한 재산 짊어졌으니 어디서 말이라도 조달해야겠다고 생각하며 기이브는 걸음을 옮겼다.

"……이리하여 영웅왕 카이 호스로가 황금 옥좌에 오르니, 열왕列王은 대지에 무릎을 꿇고 복종을 서약하여 파르스는 통일을 이루었도다……."

기이브는 건국전설의 제1장을 나직한 목소리로 노래했다. 두 눈에서는 경박할 정도로 활달하던 표정이 사라졌으며 별빛을 반사하는 검처럼 단단하고 날카로운 광채가 뿜어져 나왔다.

파르스의 멸망은 어쩔 수 없는 노릇이다. 이 나라 자체가 타국의 잿더미 속에 세워졌으니 재에서 태어나 재로 돌아갈 뿐이다. 그러나 그렇다고 해서 루시타니아 야만인들이 파르스의 대지를 말발굽으로 짓이기고 약탈과 학살을 구가하는 꼬락서니를 즐겁게 구경할 마음은 들지 않았다. 기이브 자신이 소소한 이익을 거둔 것은 다른 문제였다. 언젠가 그들에게 똑똑히 깨닫게 해주리라.

완전히 날이 밝기 전에 기이브는 왕도를 등지고 야음의 최후방으로 모습을 감추었다.

VI

이제 왕궁은 갑주를 두른 육식짐승들의 사냥터로 전락하고 있었다.

"왕비를 찾아라! 왕비를 잡아라!"

난입한 루시타니아 병사들의 노성과 발소리가 모자이크 무늬 타일 위를 거칠게 달려갔다.

타흐미네 왕비 생포는 루시타니아 병사들의 공적인 목적이었으나, 그런 한편 그들은 자신들 개인의 욕망도 채우고 있었다. 이리저리 도망치는 궁녀들을 겁탈하고 죽인 후 목걸이나 반지를 빼앗으면 한 번에 세 가지 욕망을 채울 수 있었다.

이교도에게는 어떤 만행을 저질러도 이알다바오트 신이 용서해주신다. 주교들이 이를 보장해주었다. 이교도를 박해하면 박해할수록 신의 뜻을 잘 따르면서 신도로서 의무를 다할 수 있는 것이다. 망설일 이유는 없다.

하물며 겸사겸사 자기 자신의 야수성까지 해방할 수 있다면…….

이렇게 왕궁은 승자의 광소와 패자의 비명으로 넘쳐났다. 안드라고라스 왕이 출전하기 전까지는 영화와 호사로 넘쳐나던 장려한 대리석 건물이 피와 오욕의 늪으로 변했다.

은가면은 왕궁 내를 혼자 돌아다녔으나 그것은 루시타니아 병사들과 같은 목적이 있어서가 아니었다. 가죽 장화가 피에 젖어도, 잘려나간 인체를 짓밟아도 그는 무감정했다. 아무에게도 들리지 않는 중얼거림이 가면 속에 담겨 있었다.

"그 여자는 이리도 빨리 엑바타나가 함락되리라고는 생각하지 않았을 거다. 가짜를 마련하여 그쪽으로 루시타니아군의 눈을 돌리게 한 다음, 언젠가 경계망이 풀어졌을 때 탈출할 생각이었겠지. 그렇다면 어딘가에 비밀방이나 다른 통로가 있을 터……."

은가면은 발을 멈추었다. 반쯤 잘려나간 두꺼운 장막이 송충이처럼 꿈틀꿈틀 움직였다. 은가면은 주위에 공을 다툴 루시타니아 병사의 모습이 없음을 확인하고 큰 걸음으로 다가가 장막을 젖히고 몸을 웅크린 사람을 확인했다.

마그파티(대신관) 복장을 입은 중년 사내였다. 황금색

과 보라색의 화려한 승복이 이 기름 낀 사내의 성성聖性이 아닌 속성俗性을 강조해주고 있었다.

"개종하겠습니다! 개종할게요!"

은가면이 입을 열기도 전에 대신관은 바닥에 꿇어 엎드리며 소리를 질러댔다.

"제 제자들도 개종시키겠습니다. 아니, 온 나라의 신관들이 이알다바오트 신께 충성을 맹세하도록 시키겠습니다. 그러니, 그러니 부디 살려주십시오!"

돼지가 우는 소리를 무시하며 은가면이 지나가려 하자 대신관은 비굴함과 교활함이 뒤섞인 소리를 냈다.

"사실은 제가, 타흐미네 왕비가 어디 숨었는지 알고 있습니다."

은가면이 돌린 무시무시한 시선에 주눅이 들면서도 부끄러운 줄 모르는 대신관은 주워섬겨댔다.

"그곳을 가르쳐드릴 터이니, 개종과 구명에 대해서는 부디, 선처해주시길."

"……알았다. 말해봐라."

이리하여 타흐미네 왕비는 온갖 특권과 은총을 받던 대신관의 손에 적국으로 팔려가게 되었다.

술창고 바닥 아래의 비밀방에서 궁녀 몇 명과 함께 끌려나왔을 때, 타흐미네는 일국의 왕비답게 주눅 들지 않고 똑바로 은가면을 노려보았다. 은가면도 그를 바라보는 것 같았다.

"그래, 이 여자다. 안드라고라스가 집착했던 바다흐샨의 공비……."

기억의 깊은 우물 밑바닥에서 낡고 탁한 물을 퍼올리는 듯한 목소리였다. 타흐미네는 표정을 바꾸지는 않았으나 그녀의 뺨은 눈에 뜨이게 창백해졌다.

"그 무렵과 조금도 달라지지 않았구나. 수많은 사내의 목숨과 운명을 양식으로 삼으면 이처럼 아름다움을 유지할 수 있는 모양이지, 요사스러운 것!"

그 매도에 담긴 증오의 깊이는 모골이 송연해질 만한 것이었다.

엑바타나 성문 위에 두 개의 깃발이 나부꼈다. 루시타니아 국기와 이알다바오트 신기神旗였다. 서로 바탕색이 다를 뿐 도안은 완전히 똑같았다. 중앙에 두 개의 짧은 가로선과 하나의 긴 세로선을 조합한 은색 문장이 있으며 깃발 가장자리도 은색이다. 국기는 붉은색 바탕이며 신기는 검은색 바탕이다. 붉은색은 지상의 권세를 나타내며 검은색은 천상의 영광을 나타낸다고 한다.

그 깃발을 올려다보며 루시타니아 장수들이 대화를 나누고 있었다.

"은가면이 타흐미네 왕비를 사로잡았다는군."

"호오, 놈 혼자서 국왕 부부를 모두 잡은 셈인가? 큰 공인걸."

"역시 그자는 진심으로 우리 루시타니아에 충성을 맹세한 것일까."

"흥, 그렇다면 놈은 왜 파르스 국왕을 포로로 삼았다고 아직까지도 파르스인들에게 밝히려 하질 않지?"

불신과 의혹과 혐오의 목소리가 한층 크게 울려 퍼졌다.

"자기네 국왕이 사로잡혔다는 걸 알면 파르스의 이교도 놈들도 항전의사가 꺾였을 걸세. 뿐만 아니라 이 성도 이미 함락됐을 터인데 왜 그리하지 않았단 말인가. 그 지하수로의 지름길만 해도 그렇지. 자기들끼리만 들어가고 우리에게는 정면공격을 시키지 않았나."

"공적을 독차지하고 싶었겠지. 얄밉기는 해도 마음은 이해할 수 있지 않나."

"그래, 그럴지도 모르지. 하나 무언가를 꾸미고 있는 건 아닐까 하는 생각이 든단 말이야."

……그러한 목소리는 은가면에게는 들리지 않았으며, 들렸다 한들 신경을 쓰지도 않았을 것이다. 은가면은 사로잡은 타흐미네 왕비를 루시타니아 국왕 이노켄티스 7세 앞으로 끌고 갔다. 그 장소는 샤오를 알현할 때

에 쓰이던 넓은 방으로, 피와 시체를 황급히 정리한 직후였다.

루시타니아 국왕 이노켄티스 7세는 강대한 정복자로도, 악역무도한 침략자로도 보이지 않았다. 키가 크고 살집이 좋기는 했지만 혈색이 나쁘고 피부에는 생기가 없었다. 두 눈은 뜨거웠으나 그 열기는 지상으로 향하지 않았다.

그는 모범적인 이알다바오트 교의 신도로 알려졌다. 술을 마시지 않고, 고기를 입에 대지 않으며, 하루 세 번의 예배를 30년에 걸쳐 한 번도 빠뜨리지 않았다. 열 살 때 큰 병을 앓으면서, 이교도의 대국을 멸망시켜 그들의 수도에 이알다바오트 교의 신전을 건립할 때까지는 혼인하지 않겠노라 맹세하고 마흔 살인 오늘날까지 독신이었다.

"성전聖典의 가르침에 거역하는 모든 외잡스러운 서적을 불태우고 지상에서 이교도를 일소한다."

이는 그의 평생에 걸친 이상이었다. 재위기간은 이미 15년에 이르렀으며 그동안 300만 명의 이교도를 —— 갓난아기도 포함해 —— 죽이고 마술이며 무신론이며 이국문화의 서적을 백만 권쯤 불태웠다. 신은 존재하지 않는다고 부르짖던 학자는 혀를 뽑았으며, 사원의 예배를 빼먹고 밀회했던 남녀는 시뻘겋게 달군 거대한 쇠꼬

챙이를 가져와 '두 몸을 하나로' 만들어주었다.

그러한 광신도 국왕이 이교도 왕비를 대우할 방법은 가장 잔혹한 사형 외에는 없으리라. 모두 그렇게 생각했다. 그러나 가신들의 예상은 빗나갔다.

타흐미네의 모습을 본 루시타니아 국왕은 한동안 말이 없었다. 충격의 깊이가 천천히 얼굴 전체로 퍼져나가더니, 이윽고 온몸이 가늘게 떨렸다.

가신들 중 몇 사람이 얼굴을 마주 보았다. 불길한 그림자가 마음에 드리워져, 그들은 입을 꾹 다문 채 자신들의 국왕과 멸망한 적국의 왕비를 바라보았다.

제4장 미녀들과 야수들

I

국왕 이노켄티스7세의 친솔親率로 모국을 출발했을 때 루시타니아군의 총 병력은 기병 5만 8000, 보병 30만 7000, 수병水兵 3만 5000, 합계 40만이라고 한다. 그러나 마르얌 왕국 정복 때 3만 2000명의 전사자를 냈고 아트로파테네에서 5만 명 이상을 잃었으며, 엑바타나 공성전에서 2만 5000명을 잃어 이미 30만 이하로 떨어졌다.

학살과 약탈의 폭풍이 일단락되자 루시타니아군의 주요 장군들은 대국인 파르스를 영구히 정복하기 위한 방법을 강구해야만 했다. 그때 한 가지 소식이 날아들어, 루시타니아를 떠난 이후 최대의 경악이 그들을 뒤흔들었다.

국왕 이노켄티스 7세가 파르스의 왕비 타흐미네와 결혼하기를 바란다는 소식이었다.

"그건 그렇다 쳐도, 파르스의 왕비는 대체 몇 살인가?"

"글쎄. 30대 후반 정도 되겠지. 폐하와 어울리지 않을 만한 나이는 아닐세."

"지금 그게 문제인가? 그 여자는 일국의 정식 왕비이며 심지어 이교도일세. 결혼을 어떻게 한다고 그러나."

너무나도 의외의 사태에 당황한 장군들은 나란히 국왕 앞에 나가 무모한 바람을 버리도록 설득했다.

"타흐미네라는 파르스의 왕비는 불길한 여자이옵니다. 그녀와 얽힌 남자들을 모조리 불행에 빠졌나이다."

"굳이 이교도, 심지어 타인의 아내가 아니더라도 폐하의 위광이라면 비는 얼마든지 얻으실 수 있을 것이옵니다. 루시타니아 본국에서 미녀들을 선별하여 데려오시옵소서."

국왕은 토라진 것처럼 침묵을 지켰다. 원래 무리인 줄 알면서도 희망했던 것이다. 그 태도를 보고 장군 중 하나가 자신도 모르게 목소리를 높여 국왕에게 따졌다.

"바다흐샨 공작 케유마르스, 그의 재상, 파르스 왕 오스로에스 5세, 그리고 안드라고라스 3세. 타흐미네의 아름다움 때문에 불행해진 남자들의 말로를 보시옵소서. 그래도 굳이 다섯 번째가 되고 싶으시다는 것이옵니까, 폐하!"

이노켄티스는 충격을 받은 듯 입을 다물었다. 둔중하고 나약한 왕의 몸속에서 미신과도 같은 공포, 그리고 이를 아득히 능가하는 집착 사이에 알력이 생겨나는 듯했다. 그가 간신히 꺼낸 말은 이런 것이었다.

"하나 불행한 남자들이란 모두 이알다바오트 신의 은총을 받지 못한 이교도들이 아니더냐. 혹은 신께서 그녀에게 시련을 내리셨을 수도 있지. 겸허한 이알다바오트 교도의 아내가 되는 것이야말로 그녀의 운명일지도 모른다."

이 말에는 장군들도 반론할 도리가 없었다. 국왕의 집착과 궤변에 혀를 차면서도 일단은 퇴실하고 다음 간언의 기회를 기다릴 수밖에 없었다.

황금, 금강석, 녹주석, 홍옥, 청옥, 진주, 자수정, 황옥, 비취, 상아…… 파르스 왕궁의 보물창고에 산처럼 쌓인 재화는 루시타니아인들의 눈길을 빼앗았다. 이만큼 부강함을 자랑하던 대국에게 용케도 이겼다고 생각했다. 루시타니아 한 나라를 한계까지 쥐어짜내더라도 이만한 재화를 얻을 수는 없다. 그렇기에 그들은 대외침략에 광분했던 것이었다.

왕과 왕비의 전용 말은 갈기와 목에 사프란 향료를 발라놓았다. 궁전 통로를 비추는 횃불에서도 향기가 감돌았다. 횃불 안에 사향麝香이 함유되었기 때문이다.

왕궁 보물창고는 병사들의 약탈 대상이 되지 않았다. 왕궁 외의 다른 방이나 민중의 집과는 달리 이곳을 약탈하는 자는 화형에 처해지기 때문이었다.

보물창고를 처음으로 국왕이 시찰했을 때, 수행하던 장군들은 새삼스레 감탄했다.

"파르스의 부는 들었던 것 이상이로군요."

"모두 신의 것이다! 그대들은 결코 손을 대서는 안 된다."

장군들은 이노켄티스 왕의 순수한 신앙심이 마음에 들지 않았다. 왜 그들이 물과 녹음이 부족한 돌투성이 조국을 버리고 아무런 피해도 주지 않던 이교도의 국토를 침략했겠는가. 물론 이알다바오트 신의 영광을 위해 이교도들을 지상에서 일소한다는 명분은 있었다. 그러나 이미 아트로파테네 평원에서 승리하고 엑바타나를 함락하여 신의 영광은 이루었다. 이제는 인간이 실익을 받아야 할 차례가 아닌가.

광신자 국왕은 모든 것을 신에게 바친다고 말하지만, 결국 신의 재화를 관리하는 것은 보댕을 비롯한 '성직자' 들이다. 놈들이 정복과 승리를 위해 무엇을 했단 말인가.

타흐미네 왕비와의 결혼 이야기도 있고 해서 국왕에

대한 불만을 더해가던 루시타니아 장수들은 왕족 기스카르 공작에게 강한 기대를 품게 되었다.

왕의 동생이며, 공작이니 기사단장이니 장군이니 영주니, 두 손발가락을 모두 합쳐야 헤아릴 수 있을 만한 직함을 가진 기스카르는 형과 키가 거의 비슷했지만 근육은 훨씬 생생하고 튼튼했으며 안광에서도 몸동작에서도 정력이 넘쳐났다. 신과 성직자에게만 정신이 팔린 형과는 달리 그는 지상과 인간에 큰 관심이 있었다. 이런 모든 것들을 지배하고 부를 독점하는 것이야말로 이 세상에 태어난 보람이라는, 그런 사고방식이었다.

애초에 동생이 보기에 '신에 홀린' 이노켄티스 왕은 대륙 서방 3분의 1을 횡단하는 원정을 실시할 능력이 전혀 없었다.

"보급은 어찌하시겠소, 형님."

그런 기스카르의 질문에.

"신은 신도들에게 천계의 자양 '마나'를 내려주신다."

이렇게 대답했던 사내였다. 결국 40만 대군을 편성하고, 보급계획을 갖추고, 선단을 마련하고, 진로를 정하고, 실전에서 장군들을 이끌어 승리를 거두었던 사람은 바로 기스카르 공작이었다. 형왕兄王은 신에게 승리를 기도할 뿐 병사 한 명 지휘한 적이 없다. 말조차 타지 않고 마차며 가마를 이용해 이곳까지 온 데에는 숫제 감탄이 나올 지경이었다.

'루시타니아를 지배하는 진짜 왕은 바로 나다. 파르스를 실제로 정복한 것도 나다.'

기스카르는 그렇게 생각했으며, 그의 곁을 찾아오는 장군들의 불만에 동조해주었다.

"그대들의 마음은 잘 아네. 나도 전부터 생각했지. 폐하께서는 입만 산 성직자 놈들을 지나치게 후대하시는 반면 그대들처럼 수훈을 세운 장수들을 지나치게 홀대하신다고……."

왕제 기스카르의 목소리는 나직했으나 열기를 띠었다. 그는 자신의 야심을 위해 장군들의 불만을 부추기기는 했지만 거짓말을 하지는 않았다. 특히 왕의 곁에서 막대한 영향력을 행사하는 대주교 보댕에게 품는 불쾌감은 극심했다.

"왕제전하, 보댕 그치를 보시옵소서. 이교도 정벌이니 이단자 퇴치니 마도사 사냥이니 운운하면서 저항할 수 없는 자들을 고문하고 학살할 뿐 스스로 전장에 나가 적과 검을 나눈 적은 한 번도 없지 않사옵니까. 어찌 그러한 자가 목숨을 걸고 싸운 우리보다도 더 큰 부와 힘을 누린단 말입니까."

"지난번에도 보십시오. 그 샤푸르라는 자는 이교도이기는 해도 훌륭한 용사가 아니었습니까? 그자의 두 손이 자유로웠다면 보댕 따위는 병아리처럼 짓밟아버렸을 것입니다. 그런 자에게 채찍질을 하며 고함을 질러대는 꼬락서니라니, 추악하기가 흡사 발광한 원숭이 같더이다."

그러한 장군들의 분노와 불평불만은 기스카르에게 귀중한 정보제공원이기도 했다. 아무리 지겹게 들리더라도 무뚝뚝하게 대할 수는 없었다.

형왕이 파르스의 왕비에게 집착한다는 말을 듣고 처음에는 기스카르도 남모르게 냉소했다.

"형님도 여자에 홀리는 일이 다 있군. 역시 인간은 신에 대한 신앙만으로는 살아갈 수 없는 모양이야. 그렇다 쳐도 기왕이면 나이 든 여자가 아니라 젊은 아가씨를 고를 것이지."

호기심에 사로잡혀 연금된 타흐미네 왕비의 모습을 엿본 기스카르는 형을 비웃을 수 없게 되고 말았다. 미모도 미모지만 타흐미네에게는 권력의 중심이나 그 주변에 머문 자를 미혹하는 자력이 있는지도 모른다.

이번에는 남모르게 번민하는 기스카르에게 충고하는 자가 있었다. 그의 비공식 참모이자 원정군의 지리안내인이며, 또한 기스카르조차 정체를 모르는 자였다. 남들 앞에서는 은색 가면을 절대 벗지 않는 그자는 부추기듯 공작에게 말했던 것이다.

"왕제전하께서 뜻을 이루시는 날에는 겨우 한 명이 아

니라 일만의 미녀도 얼마든지 뜻대로 하실 수 있나이다. 무엇이 좋아서 망국의, 그것도 타인의 여인에게 집착하신단 말씀입니까?"

"……흐음. 분명 그 말이 옳다."

자신의 미련을 떨치듯 기스카르는 고개를 끄덕이고는 포도주 한 잔을 들이켠 다음 형왕을 찾아갔다. 어쨌거나 포기할 수 있었다는 점이 그와 형왕의 차이였을 것이다.

II

장군들에게는 신이나 운명을 들먹여 자신을 정당화했던 이노켄티스 7세라 해도 이 문제를 신에게 호소할 마음은 들지 않았으리라. 그는 유혈의 흔적이 완전히 정리되지 않은 안드라고라스 왕의 침실에서 혼자 끙끙거렸다. 이노켄티스 7세는 술을 전혀 마시지 않으므로, 세리카에서 건너온 자단 테이블에 놓인 은잔에는 어이없게도 설탕물이 담겨 있었다. 기스카르가 형에게 진저리를 치는 이유 중 하나였다. 그래도 기스카르는 마음을 다잡고 형과 타흐미네의 결혼에 찬성한다는 뜻을 밝혔다.

"오오, 그래. 찬성해주겠느냐."

이노켄티스 7세는 혈색 좋지 못한 얼굴에 온통 희색을

띠었다.

"찬성하다마다요. 그러나 형님 한 분만을 위해서는 아닙니다. 파르스 왕비가 루시타니아 국왕과 결혼한다면 그것은 곧 양국의 강인한 유대로 이어질 것입니다."

"그렇지. 그 말이 옳다."

이노켄티스는 다섯 살 어린 동생의 힘찬 두 손을 투실투실 야무지지 못한 손으로 잡았다.

"불행한 유혈은 있었으나 이제 과거는 잊어야만 한다. 루시타니아와 파르스는 유일절대신 아래 손을 잡고 이 땅에 낙토를 건설해야 하는 게야. 그러기 위해서는 타흐미네와의 결혼이 분명히 필요하지."

금세 자기정당화에 성공한 형을 기스카르는 내심 어이없어하며 바라보았다. 손을 잡는다니, 참으로 태평한 소리를 한다. 이렇게 끔찍한 꼴을 당한 파르스인들이 어찌 '과거를 잊을' 수 있겠는가. 생각은 그렇게 하면서도 입 밖으로 낸 것은 다른 말이었다.

"형님, 다만 형님의 결혼에는 걸림돌이 두세 가지 있습니다."

그 말을 들은 루시타니아 왕은 불안한 표정으로 두 안구를 바삐 움직였다.

"그게 대체 무엇이냐, 사랑하는 아우야?"

"우선 대주교 장 보댕이 있지요. 타흐미네 왕비는 이

교도이므로 그 잔소리 많은 대주교가 분명 찬성하지 않을 것입니다. 어떻게 생각하십니까?!"

"그렇구나. 하나 그것은 대주교에게 명령해 타흐미네를 이알다바오트 교로 개종케 하면 해결될 일이다. 대주교가 원한다면 파르스 왕실의 재화 따위는 얼마든지 기부할 수 있고, 그래도 부족하다면 우리 왕실의 재산도……."

농담 작작 하라고 기스카르는 마음속으로 욕설을 퍼부었다. '파르스 왕실의 재화 따위'를 손에 넣고자 얼마나 많은 희생을 치렀는지 이 형은 전혀 모르는 것이다.

기스카르는 적당히 이야기를 마무리하고 퇴실했으나, 자신의 방으로 돌아가자 연거푸 포도주를 들이켰다. 자신이 설탕물을 지나치게 마신 것처럼 속이 메슥거렸다.

그때 은가면이 나타나, 기스카르는 침을 튀기며 대화 내용을 들려주었다.

"잘하셨나이다."

은가면은 왕제를 칭찬하고 독이 깃든 목소리를 귓속으로 흘려넣었다.

"폐하께서 보댕 그치에게 과도한 기부를 하신다면 장수들의 불평불만은 더더욱 높아질 것입니다. 또한 보댕이 고지식하게 교의教義를 내세워 결혼을 방해한다면 놈은 폐하의 역정을 살 것이옵니다. 어떻게 되더라도 전하께는 손해가 없지요."

"옳은 말일세. 그건 좋아. 하나 그렇다 쳐도 형님은 정말 아무것도 모르시더군. 파르스 국내에는 아직도 적이 많이 있네. 미스르, 신두라, 투란의 동태도 불안하고. 지금이 결혼이나 생각할 때인가! 놈들이 만에 하나 연합해 공격한다면……."

기스카르는 입을 다물고 약간 표정을 바꾸더니 은가면을 바라보았다. 무언가를 떠올린 모양이었다.

"그러고 보니 아트로파테네 회전 때는 자네에게 많은 도움을 받았지."

"황송하옵니다."

"그때 아트로파테네 평원에, 생길 리 없는 안개가 끼었던 것을 두고 마도사魔道士의 소행이라 하는 자가 있네."

"……."

"사실 그 안개는 너무나도 적절하게 나타나주었다. 아무리 책략을 동원했던들 안개가 없었더라면 파르스군에게 이기지는 못했을 텐데."

"이알다바오트 교에서는 마도란 결국 신을 이길 수 없는 법이라고 하지 않습니까. 그것이야말로 신의 가호입니다."

"흐음……."

기스카르는 여전히 석연찮은 태도를 보였으나, 술이

정신의 지속력을 둔하게 만들었는지 그 이상은 추궁하지 않고 은가면이 자리를 뜨도록 내버려두었다.

은가면은 왕궁 내의 복잡하게 얽힌 긴 복도를 헤매지도 않고 빠른 걸음으로 나아갔다. 도중에 엇갈려 지나간 루시타니아 장병들이 불쾌한 눈빛을 보냈으나 무시하고, 마치 버릇인 듯 스스로에게 혼잣말을 속삭였다.

"바다흐샨 공국이 멸망했을 때 그 여자는 살아 있었다. 파르스 왕국이 잠시 멸망한 지금도 그 여자는 살아 있다. 그러나 루시타니아 왕국이 멸망했을 때는 그렇게 되지 않으리라. 명부에 떨어진 그 여자는 자신으로 인해 죽은 남자들에게 무어라 인사할지."

짧은 시간 사이에 완전히 황폐해진 넓은 안뜰에 인접한 복도에서 은가면은 걸음을 멈추었다. 칼란이 주위에 사람이 없음을 확인하고 다가와 인사를 했던 것이다.

"칼란, 안드라고라스의 아들은 아직도 붙잡지 못했나?"

"면목 없나이다. 소인의 부하에게 총력을 기울이도록 명령하였사오나, 아직 행방이 묘연하옵니다."

"너무 허술한 것 아닌가."

그리 강한 어조는 아니었음에도 은가면의 목소리에는 칼란을 숙연케 만드는 무언가가 있었다. 또한 목소리는 지극히 자연스러워, 왕제 기스카르 공작 앞에서 정중하게 말하던 목소리가 위선 같은 반향을 머금었던 것과 현저한 대조를 이루었다. 칼란 또한 누가 보면 놀랄 만큼 저자세였다.

"그렇게 말씀하시니 송구스럽사옵니다. 참으로 한심할 따름이라……."

작지도 않은 몸을 마르즈반답지 않게 웅크린다.

"아니, 됐네. 그대가 일을 허술하게 처리할 리 없지. 생각해보면 파르스는 넓으니 애송이 하나 정도는 오렌지 나무 뒤에라도 숨을 수 있을 터. 애송이 하나 정도는……."

은가면은 목소리를 끊더니 짧은 침묵에 짧은 웃음소리를 이었다. 정원의 오렌지 나무 너머에서 비쳐든 저녁 햇살이 가면에 비스듬히 입을 맞추었다.

……육체의 상처보다도 마음의 상처에서 흘린 피에 안색이 새파랗게 질린 기사 하나가 칼란의 영지에서 달려와 엑바타나에 있던 주군의 곁에 도착한 것은 그 이튿날이었다.

III

"그야말로 면목이 없습니다. 아르슬란 왕태자와 그에게 가담한 불충한 무리들은 저희의 포위를 벗어나 행방을 감추고 말았사옵니다."

바닥에 엎드려 보고하는 부하를 내려다보는 칼란의 눈에는 살의에 가까운 분노가 피어났다. 원래 그는 부하에게 관대하면서도 공정했고, 그렇기에 오늘날까지 부하들이 그를 따랐다. 하지만 이때 칼란은 꿇어 엎드린 부하의 머리를 걷어차고 싶은 충동을 열심히 참아야만 했다.

"어떻게 그러한 일이 벌어졌는지 상세히 설명하라."

겨우 평정을 가장하고 명령을 내릴 수 있었던 것은 상당한 시간이 흐른 후였다.

부하는 여기서 지겹게 변명을 늘어놓으면 주인이 억눌러놓은 분노가 폭발하리란 사실을 눈치채고, 최대한 논리정연하게 설명했다.

바슈르 산에 숨은 아르슬란이 좀처럼 내려오지 않아 칼란의 부하들은 대대적으로 산을 수색하기로 했다. 이때 한 나무꾼이 나타나 말하기를, 얼마 전에 인기척이 없어야 할 동굴에서 사람 말소리를 들었다, 그곳에 숨은 남자들은 비둘기 발에 편지를 묶어 산 밖에 있는 동료와 연락을 취했으며, 그달 14일 밤을 기해 산 안팎에서 힘을 합쳐 봉쇄선을 돌파하려 한다는 것이었다.

칼란의 부하들은 뛸 듯이 기뻐하며 14일 밤에 대비했다. 그리고 안심하고 잠들었던 13일 밤에 봉쇄선을 돌파당하고 말았다. 벌떡 일어나 방어에 나섰으나 다륜의 효용을 당해낼 자는 없었으며 지휘도 혼란스럽기 그지없어 마침내 놓치고 말았다. 게다가 나르사스로 보이는 자는 칼란의 부하 중 한 사람에게 이렇게 말했다는 것이다. 산속에 틀어박혀 있으니 달력을 볼 수도 없어서 날짜를 착각했다, 양해해 달라…….

"다시 말해 완전히 수작에 놀아났다는 말이군. 그 나무꾼인지 하는 자는 매수당했겠지."

"예……."

"다륜도 나르사스도 보통 놈들이 아니니 주의해서 상대하라고 그렇게나 말해두지 않았더냐. 이 밥버러지들!"

불쾌감을 숨기지도 않고 칼란은 미덥지 못한 부하들에게 호통을 쳤다. 그것은 초조함과 불안의 반증이었다. 아르슬란을 따르는 다륜과 나르사스가 동방국경에 배치된 키슈바드와 바흐만의 대군을 이끌고 엑바타나에 쇄도한다면 어떻게 될까. 루시타니아군이 패망하는 거야 그렇다 쳐도 그분이 대망을 이루지 못하게 되지는 않을까.

다륜이라는 이름이 칼란에게 두려움을 주지 않는 것은 아니었으나, 이렇게 된 이상 그가 직접 출병할 수밖에 없었다.

기스카르 공작에게 병사를 움직일 수 있도록 허락을

받기 위해 칼란은 서둘러 복도를 나아갔다. 그러나 오가는 루시타니아인들의 목소리가 귀에 들어오지 않을 수는 없었다.

"흥, 배신자가 거들먹거리기는……."

"개종도 하지 않은 피정복민이 언제부터 국정에 참가하게 됐담."

"목숨 걸고 이교도들하고 싸우느니, 이교도로 태어나 아군을 팔아먹는 편이 출세의 지름길인가 보군. 에휴, 난 태어날 곳을 잘못 골라잡았어."

칼란이 들으라고 일부러 목소리를 높인 것이다. 파르스의 마르즈반은 항변하지 않았다. 굴욕이 그의 뺨에 단단한 응어리를 만들어냈다.

왕제 기스카르 공작은 루시타니아 왕국과 자기 자신을 위해 장래의 토지분배며 치안유지 계획을 세우는 참이었다. 그에게 배정된 옛 재상 집무실을 칼란이 방문했을 때 별로 오래 기다리지도 않고 들어갈 수 있었던 이유는 기스카르가 기분전환을 하고 싶었기 때문이었는지도 모른다.

입실한 칼란은 깊이 고개 숙여 인사한 후 아르슬란 왕자와 그 일당을 토벌하고자 하니 허가를 내려주십사 왕제에게 청했다.

"아르슬란은 미숙한 어린아이일 뿐이오나, 다륜과 나르사스 두 사람은 경시할 수 없나이다."

"어떠한 자들인가?"

"나르사스는 과거 왕궁의 서기관을 지냈으며, 안드라고라스 왕 또한 그의 지략을 높이 평가하였으나 지금은 재야에 묻혀 있습니다."

"흐음……."

"다륜은 왕제전하께서도 아시지 않을까 하옵니다. 얼마 전 아트로파테네 평원에서는 단기필마로 루시타니아군 한복판을 돌파했던 자인지라……."

처음으로 기스카르가 반응을 보였다. 공작 깃털이 달린 펜을 책상 위에 집어던졌다.

"그 흑의기사 말인가!"

"예."

"놈 때문에 나의 벗과 지기가 수없이 타향에서 숨졌지. 산 채로 껍질을 벗겨버리고 싶다."

"……."

"그렇다 해도 용사임에는 틀림이 없을 터. 그대도 승산이 있어 청원했겠지?"

"부족하나마 생각이 있나이다."

"그래. 뭐, 어디 해 보도록. 그대들 파르스인이 감당하지 못하겠다면 루시타니아 정규병을 움직여 해치우면 그만이니."

기스카르에게도 타산이 있었다. 파르스인끼리 서로 물어뜯어준다면 루시타니아의 입장이 불리해질 일은 없다. 파르스의 왕자를 파르스인의 손으로 해치운다면 루시타니아의 손은 그 일에 한해서는 더럽혀지지 않는다. 게다가 왕자를 자기 손으로 해친다면 칼란도 새삼스레 깃발 색을 바꿀 수 없을 것이다.

형왕이나 보댕 대주교는 어떻게 생각할지 모르지만 애초에 파르스인을 모조리 지상에서 일소할 수는 없다. 파르스인 1할을 아군으로 삼아 나머지 9할을 지배케 해야 한다. 분단지배야말로 정복자의 현명함을 보여주는 방법이다.

칼란 같은 자는 최대한 이용해야만 한다. 적어도 보댕 같은 놈들보다는 훨씬 쓸모가 있을 것이다. 공적을 세우고 싶어 한다면 세우게 하면 그만이다.

파르스인의 토지와 굴람을 빼앗고 이를 루시타니아인에게 분배하는 것. 그것이 기스카르의 기본 계획이었으나 칼란 같은 적극적인 협력자를 다른 파르스인들과 똑같이 대해서는 안 된다. 영지 정도는 인정해줄 생각이었다. 그러나 분명 루시타니아인 중에서 반대자가 나올 것이다.

"말도 안 된다. 어째서 정복자가 피정복자의 눈치를 봐야 한단 말인가. 패자의 부는 모두 승자에게 귀속되어야 하는 법 아닌가. 우리는 우리 자신의 피로 그것을 얻었다. 누가 이를 막으리오."

욕심 많고 시야 좁은 자들은 그렇게 말한다. 게다가 그런 인물이 항상 다수파를 차지하며 강한 세력을 얻는 것이 예사였다. 그런 부분을 절충하지 않는다면 기스카르의 진정한 야심은 달성할 수 없다.

"아무튼 아르슬란 왕자 건은 당분간 그대에게 일임하겠다. 마음껏 활약하라."

"황공하옵니다."

"한데, 칼란."

기스카르는 문득 물어보고 싶어졌다. 파르스 왕비 타흐미네를 루시타니아 왕이 아내로 맞는다면 파르스의 귀족이나 장수들은 어떤 생각을 품을까.

칼란은 표정을 거두고 대답했다.

"그분은 원래 파르스 사람이 아니라 바다흐샨의 공비였습니다. 다들 그 사실을 기억하고 있을 겁니다."

"……흐음, 그런 생각도 있군."

기스카르는 고개를 갸웃했으나 그 이상 붙들어둘 수도 없었는지 손을 내저어 칼란을 퇴실시켰다.

IV

성이 함락된 후 처음으로 개최된 바자르(시장)는 나름대로 인파도 많고 상품도 충실했다. 이것이 없이는 파르스인들은 생활을 꾸려나가지 못한다.

군중 속에 한 소녀가 있었다.

잘 여문 밀의 색을 띤 피부, 까만 비단결 같은 머리카락, 흑암색 눈동자를 가진 키가 큰 소녀였으며 제법 아름다웠다. 그보다는 생기와 총명함의 광채를 무시할 수 없어 바자르를 경호하던 칼란 휘하의 파르스 병사 중 하나가 수작을 걸었다. 소녀는 약간 귀찮다는 눈치였으나, 바자르 한쪽을 통과하는 기마의 군열軍列을 보고 누구의 부대냐고 물어보았다.

"그것도 몰라? 마르즈반, 아니, 곧 에란이 되실 칼란 공의 직속 부대잖아."

"어디로 가시는 걸까요?"

소녀의 목소리는 참으로 천진난만하게 들렸으며, 멋진 모습을 보여주고 싶기도 해서 병사는 자신이 아는 것들을 모두 가르쳐주었다. 그렇다고 해서 물론 대단한 지식이 있지는 않았지만.

그리고 은근슬쩍, 다만 강제로 소녀의 손목을 잡아 바자르에서 떨어져 인적이 없는 골목길로 끌고 갔다. 루시타니아 병사들의 폭행을 이제까지 손가락만 빨며 바라보아야만 했기 때문이다. 파르스 여자는 파르스 남자들의 것이어야 하는데……. 소녀가 반항하며 앙탈을 부리자 흥분의 극치에 달한 병사는 소녀의 머리를 붙잡고 짓누르려 했다.

병사가 갑자기 고함을 질렀다. 머리를 감싼 천과 함께 소녀의 머리카락이 쑥 빠져나가고 말았던 것이다. 가발이다! 병사의 놀라움이 분노로 바뀐 순간 단검이 짧고도 날카롭게 번뜩여 그의 가슴을 찔렀다. 병사가 흙먼지 속에 쓰러졌을 때 가해자는 작은 새처럼 민첩하게 다른 골목길로 뛰어들고 있었다.

"에이, 징그러워."

아름다운 소녀, 가 아니라 그렇게 가장했던 소년은 불쾌하다는 투로 침을 뱉었다. 엘람이었다.

나르사스의 부탁을 받아, 왕도 엑바타나에 잠입해선 성내에 주둔한 루시타니아군의 동향을 캐고 있었던 것이다. 나르사스는 부디 위험한 짓은 하지 말라고 끈덕지게 못을 박았으며, 엘람에게는 그런 모순이 우스웠다.

아무튼 주인에게 보고해야만 한다.

엘람은 두세 차례 길을 꺾어 어떤 집의 뒤뜰로 들어갔다. 소녀의 옷을 벗고, 빨래가 되어 널려 있던 남자 옷을 입었다. 소녀의 의복과 함께 미스칼(동화) 다섯 닢을 대금으로 놓아두고 얼굴과 옷에 진흙을 발랐다.

바자르를 빠져나가는 엘람의 귀에 동료의 시체를 발견한 병사들이 소란을 떠는 소리가 어렴풋이 들렸다.

"칼란이 1천 기도 넘는 병사를 끌고 성을 나왔다고?"

왕도에서 돌아온 엘람의 보고에 나르사스는 고개를 갸웃했다. 아르슬란 일행은 루시타니아군의 침공에 폐허가 된 마을들을 전전하고 있었다.

아르슬란은 팔짱을 끼었다.

"나를 잡기 위해, 너무 거창한 것 아닌가?"

"당연한 노릇입니다, 전하. 그들은 우리의 숫자를 알지 못하니까요. 게다가 전하는 걸어 다니는 대의명분 아닙니까? 전하가 진두에 서 계시면 루시타니아에 저항하는 세력을 규합할 수 있는걸요. 루시타니아군에게는 지극히 위험하고, 칼란이 안절부절못하는 것도 당연하지요."

그렇구나 싶기는 했지만 아르슬란에게는 다시 의문이 들었다. 그가 어디로 모습을 감추었는지도 모르면서 칼란은 어떻게 찾으려는 생각일까.

"제가 칼란이고 최대한 빨리 전하를 잡아야만 한다면, 우선 어딘가 적당한 마을을 습격해 불을 지를 겁니다."

"마을에 불을 질러?"

아르슬란이 눈을 크게 뜨자 나르사스는 엘람에게 얼굴을 닦도록 수건을 건네주며 설명했다.

"그다음에는 몇 가지 방법이 있지요. 마을을 불태우고, 주민들을 죽이고, 그걸 포고해 전하를 협박하는 것이 우선 한 가지 방법. 전하께서 출두하지 않는 한 잇달아 마을을 습격해 죄 없는 사람들을 죽이는 겁니다. 그 외에도 여러 가지 있겠지만 순서로 보자면 이제부터 무력을 행사하겠지요."

아르슬란이 흠칫 숨을 멈추었다.

"칼란이 그런 짓까지 하겠는가? 그래도 그는 무인이다."

"왕과 나라를 팔아치운 모범적인 무인입죠."

나르사스의 냉소 섞인 지적이 아르슬란의 입을 막아버렸다. 칼란은 이미 강을 건넜으며 반대편 기슭에 도착했다. 새삼스레 무익한 살육을 피할 이유가 있을까. 생각 끝에 아르슬란은 침묵을 깨뜨렸다.

"나르사스, 칼란이 어느 마을을 습격할지 알 수 있겠나?"

"있고말고요."

"어떻게?"

"그들이 안내해줄 겁니다. 뒤를 따라가면 그만이지요.

그렇게 하시겠습니까?"

아르슬란은 힘차게 고개를 끄덕였다.

왕자가 애마에 안장을 얹기 위해 밖으로 나가자, 깊은 생각에 잠긴 듯 문답을 듣기만 하던 다륜이 입을 열었다.

"칼란은 단순한 놈이 아닐세. 백주에 여봐란 듯이 대열을 짜 왕도를 나가다니, 처음부터 전하를 유인하려는 함정이라고 생각하지 않나?"

"충분히 그럴 법하지."

"그렇다면 왜 만류하지 않았나."

"다륜, 나는 저 왕자님의 기량을 꽤 기대하고 있다네. 그리고 그 기대에 충실하고자 하지."

눈을 껌뻑이는 다륜에게 나르사스가 웃음을 지었다.

"어차피 칼란의 입을 통하지 않고선 이면의 사정은 알 방법이 없어. 사자새끼를 잡기 위해 때로는 어쩔 수 없이 사자굴에 들어가야 할 때도 있네."

다륜은 살짝 눈살을 찡그렸다.

"자네는 전하가 마을을 구하러 가지 않았다면 군주가 될 자격이 없다고 판단해 내칠 심산이었던 것 아닌가?"

나르사스는 입으로는 아무 대답도 하지 않았다. 그저 짓궂은 웃음만 지었을 뿐. 그러나 그 표정은 벗의 추측을 확실히 긍정하고 있었다.

V

자칭 '유랑악사' 기이브는 왕도 엑바타나를 탈출한 후 말을 손에 넣었다. 처음에는 인근 마을의 농민에게서 살 생각이었지만 루시타니아 병사에게 식량과 양을 모조리 약탈당했다는 말을 듣고 방침을 바꾸어, 전령병으로 보이는 루시타니아 병사 1기와 검을 나눈 후 무료로 손에 넣었던 것이다. 겸사겸사 지갑과 황금 장식이 달린 허리띠를 받은 것은 한바탕 힘을 쓴 데 대한 정당한 보수였다. 적어도 기이브 자신은 그렇게 생각했다.

그 인물과 기이브가 엇갈려 지나친 것은 우연이라고만은 할 수 없었다. 루시타니아 병사와 피하도록 여행을 하다 보면 지나가야 할 길도 시각도 자연스레 제한되기 때문이다.

말과 말이 엇갈릴 때는 당연히 서로 거리를 둔 채 언제든 검을 뽑을 수 있도록 준비해두었다. 반달이 뜬 밤이었으며 7, 8가즈쯤 거리를 두었으므로 처음에는 기이브도 깨닫지 못했다. 남장여자임을 알아차릴 수 있었던 것은 바람의 방향이 바뀌면서 밤바람이 여인의 체향體香을 실어다 준 덕이었다. 기이브는 말 위에서 돌아보며 관찰했다.

머리는 비단으로 감쌌으나 어둠을 녹여 물들여놓은 듯

한 칠흑색 머리카락은 허리 아래까지 늘어지는 길이였다. 눈동자는 초여름의 만록萬綠을 비춘 것처럼 짙고 선명한 녹색이었다. 그 사실을 알아차린 것은 여인도 어깨 너머로 돌아보았기 때문이었으며, 이는 분명 기이브와는 다른 이유에서 비롯된 행동이었으리라. 기이브의 시선을 받자 그녀는 말을 더욱 빠르게 몰아 멀어져갔다.

한동안 기이브는 반쯤 망연자실해 달빛 아래 멀어져가는 여인의 뒷모습을 바라보았으나, 이윽고 손바닥으로 무릎을 쳤다.

"으음, 보기 드문 훌륭한 여자야. 젊은 만큼 그 거짓말쟁이 왕비님보다도 훨씬 나은걸."

기이브는 바삐 생각을 굴렸다. 그에게는 눈앞의 행동 목표가 생긴 것이었다.

'저 미인이 악당들에게 습격을 당한다고 치자. 그때 내가 구해주면 당연히 나에게 감사와 경애의 마음을 품지 않을까. 그리고 무언가 모양을 갖추어 보답을 해야겠다고 생각할 테고. 그렇게 되겠지. 그렇게 되면 좋겠다. 그렇게 돼야 해.'

멋대로 운명을 결정한 기이브는 적당한 거리를 두고 여인의 뒤를 따라 말을 몰았다.

기회는 금방 찾아왔다. 왕도가 함락된 후 루시타니아 병사들은 당연히 더더욱 극심하게 횡포를 부렸으며, 몇 기씩 분대를 짜고 마음껏 살인이며 약탈을 자행했다. 기스카르 공작이 양민을 해치지 말라는 포고를 내렸으나 지키지 않는 자가 대다수였다.

사이프러스 가로수 사이에서 7, 8기의 시커먼 그림자가 나타나 여인의 앞길을 가로막으려 했다. 여인에게 날아든 루시타니아어에는 지극히 천박한 감정이 묻어났다.

여인은 거추장스럽다는 듯 슬쩍 말의 배를 걷어찼다. 말은 잘 훈련을 받은 듯 기수의 뜻을 알아차리고 루시타니아 병사들이 반응하기도 전에 질주를 개시했다. 눈 깜짝할 사이에 30가즈 정도의 거리가 벌어졌으며, 루시타니아 병사들이 추적을 시작했을 때 여인은 말 위에서 보름달처럼 활을 팽팽히 당기고 있었다.

다음 순간, 달빛 그 자체가 화살의 형태를 이루어 기사에게 박힌 것처럼 보였다.

꿰뚫린 목에서 희미한 비명과 피를 뿜으며 기사는 길바닥으로 굴러떨어졌다.

한순간의 경악에서 회복된 다른 기사들은 노성과 함께 검광을 번뜩이며 여인에게 육박했다. 아니, 그러려 했으나 활시위 우는 소리가 밤공기를 가르자 다시 1기가 허공을 차며 안장 위에서 모래먼지 속으로 떨어졌다. 다시 화살이 날아와 세 번째 말이 기수를 잃었다.

"이거 안 되겠구만."

기이브는 예정보다도 다소 빠르게 말을 몰아 가도로 뛰어들었다. 이대로 수수방관했다가는 여인에게 은혜를 베풀어줄 기회를 잃고 만다. 말발굽 울리는 소리에 제일 먼저 돌아본 루시타니아 병사가 첫 희생자가 되었다.

루시타니아 병사는 단칼에 왼쪽 어깨에서 가슴까지 베였다. 높이 뜬 반달을 향해 절규와 피보라를 남기고 말 위에서 날아갔다.

새로운, 그것도 경시할 수 없는 적이 출현해 루시타니아 병사들은 놀랐다. 기이브가 알아들을 수 없는 외국어가 오가고 검과 말이 좌우로 갈라졌다. 기이브를 세 방향에서 밀어붙이려 했겠지만 그 의도는 기이브의 신속함에 뜻을 이루지 못했다. 한 사람은 경동맥에서 활처럼 선혈을 뿜었고 한 사람은 콧등을 얻어맞아 벌렁 나자빠졌다.

남은 2기는 이미 명예 따위에 집착하지 않았다. 말을 몰던 방향을 그대로 유지한 채 속도를 높여 가도 저편의 어둠 속으로 도망치고 말았다. 냉소와 함께 지켜보던 기이브는 몸을 돌렸다가 약간 당황했다. 여인이 그대로 말을 타고 그 자리를 떠나려 했기 때문이다. 이건 예정과 크게 달랐다.

"기다리십시오, 거기 가시는 여인!"

고함을 질러 불렀다. 그러나 들리지 않았는지 무시할 생각인지, 그녀는 말의 걸음을 늦추려 하지 않았다.

"거기 가시는 미인……."

목소리를 더 크게 해 불렀으나 여인은 반응하지 않았다.

"거기 가시는 절세미인!"

여인이 처음으로 멈추었다. 천천히 기이브를 돌아본다. 달그림자를 비스듬히 받은 고운 얼굴이 지극히 평온한 표정을 보였다.

"날 불렀나?"

아무리 기이브라 해도 지극히 짧은 시간이나마 반응의 선택을 망설이고 있으려니 여인이 말을 이었다.

"그냥 미인이라면 모를까, 절세미인이라면 달리 없을 테니……."

대놓고 자신의 미모를 긍정하는 태도가 기묘하게도 얄밉지 않았다. 기이브는 어쩐지 기뻐져서 겨우 그다운 말을 꺼낼 수 있었다.

"미모만이 아니라 무예도 절륜하여 참으로 감복했습니다. 제 이름은 기이브. 정처 없는 유랑악사지만 미를 사랑하는 마음은 왕후귀족 못지않다고 자만하고 있지요. 지금 부족하나마 시상詩想이 떠올라 그대를 찬미하는 시를 만들었습니다."

“…….”

“자태는 사이프러스처럼 늘씬하며, 새까만 머리카락은 밤하늘을 잘라낸 것 같고, 눈동자는 녹옥을 능가하며, 요염한 입술은 장미꽃잎이 아침 이슬에 젖은 듯하니…….”

“그대는 음유시인치고는 독창성이 부족하군.”

여인이 냉담하게 말하자 기이브는 머리를 긁었다.

“그야 시인으로서는 확실히 미숙하오나, 거듭 말씀드리자면 미와 정의를 사랑하는 마음은 고대의 대시인 못지않고자 합니다. 그렇기에 운 좋게 당신을 구해낼 수 있었지요.”

“지나치게 공교로웠다는 생각이 드는데, 나타날 시기를 가늠했던 것은 아니었나?”

“그건 억측입니다. 저의 수호신인 아시 여신이 당신과 저에게 가호를 내려주신 결과 천벌 받을 루시타니아 야만족들이 불신심의 대가를 치렀던 것이지요. 하늘이 정의의 뜻을 가상히 여겼다고 하면 지나친 말일까요?”

여인이 쓴웃음을 지은 것 같았다. 기이브가 이름을 묻자 선선히 대답해주었다.

“나의 이름은 파랑기스. 후제스탄 지방의 미스라 신전에 속한 자다. 여신관장님의 사절로 왕도 엑바타나까지 가는 중이었다.”

“호오, 미스라 신! 저는 미스라 신을 아시 여신 다음으로 존경하지요. 파랑기스 님과는 보통 인연이 아닌 게 분명합니다."

기이브의 들뜬 목소리를 아름다운 카히나(여신관)는 무시했다.

"그러나 듣자 하니 왕도는 이미 함락되었다더군. 맥없이 돌아갈 수도 없어, 아무튼 오늘 밤 묵어갈 곳을 찾던 도중 루시타니아의 개들과 맞닥뜨리고 말았다."

"왕도에는 어떠한 용무가 있으셨는지."

"왕태자 아르슬란 전하께 가고자 했다. 한 가지 묻겠네만, 존경하는 악사님께서는 왕태자 전하의 소재를 아시는지."

"아뇨, 모르겠습니다……만, 파랑기스 님께서 찾으신다면 미력하나마 힘을 보태드리지요. 그건 그렇고 왜 아르슬란 전하를 찾으십니까?"

"우리 신전은 아르슬란 전하께서 탄생하셨을 때 전하의 이름을 따 기부받은 것이었다. 따라서 전하께 무슨 일이 있을 때는 신전에 속한 자들 중 무예를 익힌 자가 도움을 드리라고, 올봄에 타계하신 선대 여신관장님께서 유언을 남기셨다."

파랑기스가 고개를 가로저었다. 까만 머리카락이 찰랑거린다.

"대저 유언을 남기는 자는 유언을 실행하는 자의 어려

움 따위는 고려하지 않는 법. 그리하여 조건을 만족하는 자들 중 내가 선발되었다만, 이는 내 무예가 가장 뛰어나기 때문만은 아니었다."

"그렇다면?"

"나와 같이 아름다우면서 학문에도 무예에도 정통한 수재는 동료들의 질투를 사는 법이라."

"……아하."

"이참에 고인의 유언을 실천하자는 명목으로 나를 신전에서 방출한 것이다. 이제는 악사님도 사정을 이해하셨는지."

파랑기스의 말을 의심하고 싶지는 않았으나 기이브에게는 다소 상상을 펼칠 여지가 있었다. 호색가 신관의 추파에 시달리다 호되게 한 방 먹여주는 바람에 신전에 있기 어려워졌는지도 모른다. 아무리 무예가 뛰어나다 한들 여자 혼자 파견하기에는 지나치게 위험한 사명이었다.

"파랑기스 님, 마음에도 없는 임무는 그냥 버려버리심이 어떨는지요."

"아니, 어찌 됐든 나는 루시타니아인들의 행위가 마음에 들지 않는다. 나는 미스라 신을 섬기는 몸이지만 싫어하는 자에게 신앙을 강제하지는 않는다. 그들을 파르스에서 몰아낼 수 있다면 그렇게 하고 싶다."

기이브는 크게 주억거렸다.

"파랑기스 님의 말씀이 지당합니다. 저도 동감입니다."

"입만으로는 무슨 말씀인들 못하실까."

흑발녹안 미녀의 목소리는 신랄하였으나 기이브는 전혀 주눅 들지 않았다.

"입만이라니, 그럴 리가요. 루시타니아인이 자기네 신을 다른 종파에까지 강요하는 방식은 저도 마음에 들지 않습니다. 비유하자면 머리카락은 황금색, 눈은 푸른색, 피부는 백설처럼 흰 여자만을 미녀로 숭상하며 다른 여자는 미녀라 인정하지 않겠다는 그런 방식이지요. 아름답다고 생각하는 것도 귀중히 여기는 것도 사람마다 제각각일진대, 강요할 수는 없는 법……."

기이브는 열변을 중단했다. 파랑기스가 눈을 감고 조그만 수정 피리를 입에 가져다 대는 모습을 보았기 때문이다. 아무런 음색도 들리지 않았으나 반달의 빛을 반사하는, 세리카의 도자기처럼 새하얀 얼굴을 기이브는 넋 놓고 바라보았다. 파랑기스는 이내 눈을 뜨더니 피리를 입에서 떼고는 새삼 기이브를 품평하듯 쳐다보았다.

"……그러한가. 그러면 좋다."

누군가의 목소리에 대답하는 듯 그렇게 말했다.

"진(정령)들이 말하기를, 그대가 루시타니아를 싫어하시는 마음만은 거짓이 없다는군."

"전 무슨 말인지 전혀 모르겠습니다만."

"그러실 걸세."

파랑기스의 목소리는 무뚝뚝했다.

"갓난아기는 인간의 목소리는 들려도 말의 의미는 이해하지 못하는 법. 그대도 이와 마찬가지. 바람소리는 들으셔도 이에 실린 진의 속삭임은 도저히 이해하시지 못할 터."

"그렇군요. 전 갓난아기군요."

"수긍하지 마시게. 비유가 그리 좋지 못했으니. 그대는 갓난아기치고는 삿된 기운이 지나치게 많아."

파랑기스의 하얀 손가락에는 조그만 수정 피리가 끼어 있었다. 저것이 진을 부르기 위한 도구인 모양이었다.

"아무튼 제 성의는 인정해 주신 거지요? 어떻습니까, 파랑기스 님. 무릇 인간과 인간의 만남은 인연의 실이 이끌어주는 것. 당신과 행동을 함께하고 싶습니다만."

"좋을 대로 하시게. 다만, 나와 함께 아르슬란 전하께 충성을 맹세하신다면."

"내 충성심은 별로 많지가 않습니다만. 당분간은 파랑기스 님만으로도 벅찰 것 같군요."

"나에게는 그대의 충성심 따위 필요 없다."

"그렇게 말씀하실 것 뭐 있습니까, 파랑기스 님과 저 사이에."

"어떤 사이란 말씀인지?!"

높아지려던 파랑기스의 목소리가 갑자기 가라앉았다. 기이브도 입을 다물고 귀를 기울였다. 누가 먼저랄 것도 없이 기수를 돌려 가도 옆의 포플러 숲으로 몸을 숨겼다. 한밤의 가도를 질주하는 기병의 대집단이 왕도 방향에서 솟아나서는 몇 분에 걸쳐 그들의 시야를 점거했다.

"저건 마르즈반 칼란의 군대로군요."

선두에 루시타니아 깃발을 든 파르스 병사의 집단이라고 하면 그 외에는 생각할 수 없다. 말발굽 소리와 모래먼지가 달빛 아래 멀어져가는 모습을 지켜보더니, 아름다운 여신관은 대담하게 중얼거렸다.

"저자들 중 아르슬란 전하께서 계신 곳을 아는 자가 있을지도 모르겠군. 한번 시험해볼까……."

VI

그날 낮, 칼란이 이끄는 부대는 한 촌락을 태우고 50명이 넘는 주민 —— 남자들만이기는 했지만 —— 을 불 속에 집어던졌다.

"만일 앞으로 아르슬란 왕자와 그의 일당을 숨겨준다면 여자와 아이들까지도 모조리 죽일 줄 알아라."

그 한마디가 재와 증오와 비탄과 함께 남았다.

칼란은 이미 독배를 바닥까지 비워버릴 수밖에 없었다. 이러한 살육을 되풀이해 아르슬란과 그의 일당을 궁지에 몰아넣고 루시타니아군의 두터운 신뢰를 얻는 것만이 유일한 선택이었다.

해가 저물어 숙영지를 설치하려는 시각, 부하가 칼란을 찾아왔다. 말 등에 매달린 채 다 죽어가는 한 사내가 황야를 헤매던 것을 연행해왔다는 보고였다. 그 사내는 아르슬란 왕자의 일당에게 짐꾼으로 고용되었으나, 짐을 훔치려다 들켜 채찍으로 호되게 맞은 후 다음 날 목숨을 잃게 되어 필사적으로 도망쳤다는 것이었다.

칼란은 사내의 상처를 확인해보았다. 어쩌면 자신을 함정에 빠뜨리기 위한 거짓 상처가 아닐까 생각했기 때문이다. 그러나 온몸에 난 무수한 상처는 진짜였다. 칼란은 직접 사내를 심문했다.

"아르슬란 왕자의 일당은 몇 명이었느냐?"

"겨우 넷이었습죠."

"거짓말하지 마라. 그 백 배는 될 텐데."

"정말입니다요. 게다가 둘은 어린애고……. 그래서 절 짐꾼으로 고용했던 겁니다요."

"그럼 왕자 일당은 어느 방향으로 갔느냐?"

"남쪽이었습죠."

한 차례 심문이 끝나자 사내는 밀고의 보상을 원했다.

"알았다."

고개를 끄덕인 칼란은 느닷없이 칼을 뽑아 사내의 목을 쳐버렸다. 모래 위를 굴러가는 머리에 내뱉는다.

"얼간이 같으니. 그딴 수작에 넘어갈 줄 아느냐."

그리고 사내가 말한 곳과는 반대방향, 북쪽으로 진군을 명했다. 사내가 나르사스의 명령을 받고 칼란에게 온 첩자라 생각했던 것이다. 부상 또한 설득력을 주려는 궤계詭計였으리라고.

칼란은 알 방법이 없었다. 어떤 마을에 들렀던 아르슬란 일행이 일부러 신용할 수 없는 자를 골라 짐꾼으로 고용했다는 사실을. 그리고 채찍질을 당한 사내가 칼란의 부대가 있는 방향으로 도망친 후 그들도 남쪽에서 진로를 바꾸어 북쪽으로 향했음을. 그리고 북쪽으로 향하는 모습을 일부러 남들 눈에 드러냈음을…….

모두 나르사스의 책략이었다. 칼란의 부대는 북쪽의 삼림과 산악지대가 뒤얽힌 지역에 제 발로 이끌려 들어갔다. 게다가 이미 밤이었다. 규모가 큰 기병부대에게는 지극히 불리한 조건이 겹쳐지고 있었다.

한밤중이 지난 시각. 모든 준비를 마친 나르사스는 산

길을 일렬로 나아가는 칼란의 부대를 숲 속에서 바라보며 미소 지었다. 어중간하게 똑똑한 사람일수록 그의 손바닥 위에서 잘 놀아나주었다.

적군이 통과하자 그는 말을 묶어놓은 곳으로 돌아가려 했다. 갑자기 발을 멈추고 몸을 낮춘 것은 어떤 기척이 쇄도했기 때문이었다.

나르사스는 뒤로 몸을 날렸다. 수평으로 번뜩인 검광이 그의 겉옷을 스치고 실 몇 가닥을 허공으로 날렸다.

다시 한 번 뒤로 물러나 나르사스는 검을 뽑고 은색 참격을 받아냈다. 귀를 찢는 금속성과 함께 불꽃이 튀었다. 두 번째 합은 일어나지 않았다. 서로가 예상했던 적이 아니었기 때문에 칼을 거두었던 것이다.

"루시타니아 병사가 아니신가?"

젊은 여자의 목소리가 미미한 향수 냄새와 함께 들려와 나르사스조차 놀라지 않을 수 없었다. 그쪽은 누구냐고 질문하려다가, 자신이 먼저 이름을 댔다.

"나는 아르슬란 전하를 섬기는 나르사스다."

그가 직감한 대로 반응은 재빨랐다.

"실례했다. 나는 파랑기스. 미스라 신을 모시는 자. 아르슬란 전하께 힘을 보태드리고자 이렇게 왔다. 줄곧 칼란 공의 부대를 따라오고 있었다."

"호오……."

나르사스에게 정령의 도움은 없었다. 그가 파랑기스를 믿은 이유는 이성 때문이었다. 그녀가 칼란의 당파였다면 소리를 질러 나르사스의 소재지를 밝히면 그만 아니겠는가.

"아르슬란 전하를 도와주겠다는 소리인가?"

"그렇다."

말투에선 여성으로서 매력이 느껴지지 않지만 목소리는 음악적이라 할 정도로 아름다웠다.

"그러면 협조해주게. 이제부터 배신자 칼란을 사로잡아 아르슬란 전하께 끌고 갈 생각이니."

"알았다. 한 가지 묻고 싶은데, 지금 아르슬란 전하를 보필하는 이는 모두 몇인가?"

미녀의 물음에 나르사스는 태연히 대답했다.

"그대들을 포함해 이제 막 다섯이 되었지."

그녀의 뒤에 기이브가 있다는 것을 나르사스는 이미 알아차렸던 것이다.

누군가가 고함을 질러 칼란의 부대는 술렁거렸다. 처음에는 한 개, 다음으로는 열 개 정도의 손가락이 절벽 위를 가리켰다. 푸른 반달 빛에 몸을 드러내고 아르슬란이 혼자 말 위에 앉아 대열을 내려다보고 있었다.

"아르슬란 왕자다, 죽여라! 놈의 목에는 디나르 십만 닢이 걸려 있다!"

그 상금이 많은지 적은지 아르슬란은 판단이 서지 않았으나 칼란 휘하의 기사들에게는 목숨과 같거나 그 이상의 거금이었다. 욕망과 흥분으로 고함을 지르며 말을 몰아 급경사면을 뛰어오르기 시작했다. 정한한 파르스의 군마라 해도 이 돌진을 지속하기란 쉽지 않아 금세 대열이 흐트러졌다. 선두의 말이 허덕이면서 낭떠러지 위에 오른 순간 아르슬란의 검이 기사의 가슴을 꿰뚫었다. 칼끝이 등에서 튀어나오고 코등이가 겉옷 단추에 부딪쳐 소리를 낼 정도의 기세였다.

아르슬란은 검을 뽑았다. 정확하게 표현하자면 죽은 자의 몸이 자신의 중량 때문에 알아서 쓰러진 것이다. 시체는 비탈길에서 굴러떨어지고, 이를 피하려던 말이 몸을 젖히며 우뚝 서서 균형을 잃은 기수가 낙마했다.

한밤의 어둠과 좋지 못한 지면이 그들을 혼란에 빠뜨렸다. 아르슬란은 단순한 미끼 이상의 역할을 해냈다. 활을 들어 잇달아 화살을 쏘았다. 칼란 군은 밀집상태라 회피할 수가 없었다. 아르슬란은 여섯 발의 화살을 쏴 네 발을 명중시키고 그 중 두 발이 적에게 부상을 입혔다. 나머지 두 발은 무시무시한 기세로 비탈을 뛰어올라온 기사를 노렸지만 수차水車처럼 휘두른 창에 가로막혀 떨어지고 말았던 것이다.

"아르슬란 왕자!"

칼란의 목소리였다. 왕자는 숨을 들이마시더니 활을 내팽개치고 배신자를 노려보았다.

"칼란, 그대에게 묻겠다."

아르슬란은 목소리에 긴장이 배나오는 것을 자각했다.

"마르즈반으로서, 아니, 그 이전부터 파르스의 마르단으로서 그 누구에게도 손가락질 당할 일 없었던 그대가 어째서 루시타니아의 침략자들에게 굴복했는가."

"……."

"욕망에 눈이 멀었다고도 생각할 수 없다. 이유가 있다면 부디 들려다오."

"모르는 게 좋을 거다, 안드라고라스의 저주받은 자식이여."

칼란의 목소리에는 단순한 조롱이라고 치부하기에는 지나치게 음습한 감정이 담겨 있었다. 아르슬란을 노려보는 두 눈도 어딘가 도깨비불과 같은 빛을 머금었다.

"그저 나 칼란을 추악한 배신자라 믿으며 죽어가거라. 충신에게 살해당하든 배신자의 손에 목숨을 잃든 죽음은 죽음. 다를 것이 뭐가 있겠느냐."

전율의 바람이 아르슬란의 심신에 달라붙어 의혹의 넝쿨을 날려버렸다. 칼란의 몸이 부풀어오른 것처럼 보였다. 전사로서 함양했던 압도적인 역량의 차이가 아르슬란에게는 눈으로 보였던 것이다.

아르슬란의 말에게서 겁을 먹은 듯한 콧김이 새나왔다. 기수의 마음을 말이 증폭해 받아들이는 것 같았다.

칼란은 나직한 함성을 내지르더니 말을 몰아 돌진했다. 주인과 마찬가지로 숱한 전장을 거쳐왔던 거대한 창이 왕자의 심장을 향해 달려들었다.

아르슬란은 반쯤 본능적으로 튕겨냈다. 창날은 허공으로 흘러갔으나 검을 휘두른 왕자의 손은 팔꿈치까지 저렸다.

"건방지다!"

노성과 함께 제2격이 짓쳐들었다.

제1격을 받아낸 것이 기적에 가깝다고 한다면 제2격을 회피한 것은 기적 그 자체였다. 그러나 하늘인지 운명인지 모를 존재의 편애는 여기서 끝났다. 제3격은 미약한 저항을 튕겨내고 아르슬란의 몸 한복판을 꿰뚫었어야 했다. 이를 영원히 정지시킨 것은 다륜의 목소리였다.

"칼란, 네놈의 상대는 바로 나다!"

그가 예정보다 늦은 이유는 숲 속을 나아갈 때 이틀 정도 전에 내린 비에 진창이 생겨 길을 가로막고 있었기 때문이었다.

칼란의 얼굴이 실의로 일그러졌다. 그는 아트로파테

네 평원에서 다륜의 날카로운 공세에 굴복했던 기억이 여전히 남아 있었다. 칼란은 눈앞의 귀중한 사냥감을 단념하고 기수를 돌렸다. 아르슬란의 눈앞까지 밀려들었던 죽음은 급속도로 멀어져갔다.

"전하, 무사하십니까!"

그렇게 외치며 인마일체가 된 새까만 그림자가 아르슬란의 주위에 적병의 시체를 쌓아나갔다.

등 뒤에서 다륜을 창으로 찌르려던 기사가 절규를 지르며 말 위에서 몸부림쳤다. 파랑기스가 쏜 화살에 옆얼굴을 꿰뚫렸던 것이다.

당황한 기사들 사이에 2기의 새까만 그림자가 뛰어들었다.

나르사스도 기이브도, 이제 막 동료가 된 자의 검기를 직접 확인할 기회를 얻었다.

칼날 울부짖는 소리와 피보라가 잇달아 이어졌다.

말 몇 마리는 금세 안장을 비우고 어둠 속으로 도망쳤다. 절반은 가파른 경사면을 오르는 데 실패해 비명과 함께 굴러떨어졌다.

칼란의 부하들에게는 아마 최악의 밤이었으리라. 그들의 적은 용맹할 뿐만 아니라 무섭도록 교활했다. 혼란과 어둠과 지형을 한편으로 삼아 칼란 군의 한복판으로 뛰어들어 사방에 죽음을 흩뿌리고는 인마의 소용돌이에서 튀어나와 밤의 옷자락 안으로 모습을 감춘다. 두 차례, 세 차례 반복되자 칼란 군의 질서는 치명상을 입었다. 이제 대열을 재정비할 가망은 없었다.

"다륜, 자네는 칼란을 쫓아가!"

새로운 희생자를 피보라 밑에 넘어뜨리며 나르사스가 외쳤다. 고개를 끄덕여 대답하고 다륜은 흑마의 배를 걷어차 말발굽으로 조약돌과 흙더미를 튕기며 칼란을 추격했다.

말머리를 돌려 공격하는 칼란의 부하들이 있었으나, 장창으로 하나를 찔러 떨구고 하나를 튕겨내더니 밤바람에 흩어지는 핏방울을 피하려고도 하지 않고 칼란에게 육박해선 날카로운 질타를 퍼부었다.

"나이 어린 소년이나 상대하는 것이 네놈의 무용이더냐! 루시타니아에 고개를 숙이기 전의 용명은 어디로 갔느냐. 이 부끄럽기 그지없는 줄행랑이 진정 그 고명한 칼란의 행동이냐?!"

도발은 효과가 있었다. 상처 입은 긍지가 칼란을 격앙케 했다.

"애송이가 어딜 감히 기어오르느냐!"

노성을 터뜨리며 자신의 창을 휘둘러 다륜의 창을 튕겨냈다. 무시무시한 충격이었다. 다륜의 몸도 창도 허공으로 흘러가 바람을 낳았으며 흑마까지도 보조가 흐트러져 살짝 휘청거렸다. 하마터면 급경사에서 튀어나갈 뻔했다.

칼란은 지체하지 않고 다륜의 안면을 향해 창을 내질렀다. 다륜은 말의 자세를 바로잡으면서 그 맹렬한 일격을 아슬아슬하게 튕겨냈다.

놀란 칼란의 부하들이 두 사람 사이에 끼어들려 했으나 이미 사람과 사람, 말과 말, 창과 창의 격돌은 다른 자들의 접근을 허용할 만한 틈을 주지 않았다. 찌르고 휘두르고 쳐내고 내지르고 튕겨낸다. 불꽃은 반달의 빛을 받아 창백하게 흩어졌다.

역시 칼란도 마르즈반에 오를 만한 무인이었다. 마음에 두려움만 없다면 다륜 못지않은 용맹함을 발휘할 수 있었다.

그러나 칼란의 부하들은 주인만큼 투지를 지속하지 못했다. 검에 호되게 베이고 활에 꿰뚫려 패배자를 보호해줄 밤의 품속으로 뿔뿔이 도망치고 말았다. 물론 적이 설마 열 명도 안 될 줄은 몰랐기 때문이리라.

아르슬란이 말을 몰아 결투의 자리로 달려가 우려와 함께 지켜보고 있으려니 나르사스가 피 묻은 칼을 든 채 말을 가까이 댔다.

"괜찮습니다, 전하. 다륜의 승리는 변함이 없습니다. 하지만 이대로는 산 채로 붙잡을 만한 여유가 사라질지도 모르겠군요."

나르사스의 관찰은 정확했다. 다륜에 비해 칼란의 창과 몸놀림이 약간 무거워진 듯 보인 순간, 첫 유혈이 칼란의 왼쪽 뺨에서 일어났다.

다륜의 창날이 적의 뺨에서 살점을 앗아간 것이다. 깊은 상처는 아니었으나 솟아난 피는 칼란의 눈에 들어가 시력을 빼앗았다.

다륜이 번개 같은 속도로 창을 내질렀다. 아르슬란은 숨을 흠칫 멈추었으나 다륜은 자신의 역할을 잊지 않았다. 창의 날이 아니라 반대쪽의 물미가 칼란의 옆구리를 강하게 찔렀고, 균형을 잃은 칼란의 몸은 말 위에서 한 바퀴 굴러 지면에 처박혔다.

여기까지는 다륜의 계산과 나르사스의 기대대로였다. 이를 배신한 것은 험준한 지형과 칼란의 창이었다. 칼란의 손에 들린 채 경사면의 바위를 찌른 창은 소리를 내며 부러졌고, 그것도 완전히는 부러지지 않은 채 기괴한 각도로 뒤틀리면서 창날이 소유자의 목을 비스듬히 관통했다.

말에서 뛰어내린 다륜이 부축했을 때 칼란은 이미 반쯤 숨을 거둔 상태였다. 창이 목 좌우에서 튀어나와 있는 모습이었으나 두 눈은 둔중한 빛을 머금고 여전히 뜨여 있었다.

"폐하는 어디 계시냐?"

다륜은 죽어가는 자의 귀에 필사적인 질문을 던졌다.

"안드라고라스는 살아 있다……."

목소리라기보다는 헐떡임이었다.

"그러나 왕위는 이미 놈의 것이 아니다. 정통한 왕이……."

목소리 대신 검붉은 핏덩어리가 목구멍을 막고, 짧지만 격렬한 경련 후에 마르즈반 칼란은 숨이 끊어졌다.

"정통한 왕이라고……?"

다륜과, 마침 그때 달려온 나르사스는 얼굴을 마주 보았다.

그들은 안드라고라스 왕이 즉위한 당시의 정황을 생각하지 않을 수 없었다. 형왕을 시역弑逆하여 스스로 왕위를 얻은 것은 아닐까 하는, 다시 말해 찬탈자가 아니겠느냐는 비난은 지극히 미미한 목소리였으나 당시부터 존재했다. 그러나 군대의 압도적인 지지를 받은 안드라고라스는 인근 뭇 국가들과의 항쟁에 승리를 거듭해 국내를 윤택하게 만들었으므로, 말하자면 실효지배가 왕권의 정통성을 증명했던 것이다.

이때, 두 사람에 비해 승마 기술이 떨어지는 아르슬란이 겨우 다가와 두 사람에게 눈으로 질문을 던졌다.

"안드라고라스 폐하는 살아계신다는군요. 그 이상은

유감스럽게도 듣지 못했습니다.”

나르사스가 대답하자 아르슬란은 칼란의 시체를 지상에 눕혀놓고 있는 다륜을 바라보았다. 젊은 흑의기사는 침묵했다. 나르사스는 칼란에게 들은 말의 뒷부분을 왕자에게 전하지 않았지만 다륜도 그 판단에 찬성이었다. 열네 살 소년에게는 소화하기 힘든 말일 것이다.

다륜이 겨우 목소리를 내 격려했다.

“전하, 폐하께서 살아계시다면 언젠가는 만나실 수 있을 겁니다. 게다가 루시타니아군이 이제까지 폐하를 살려두었다면 상응하는 이유가 있을 터. 앞으로도 함부로 해를 가할 일은 없을 겁니다.”

아르슬란이 고개를 끄덕인 것은 진심으로 수긍했다기보다는 다륜에게 걱정을 끼치지 않기 위해서였다.

이때 나르사스가 두 젊은 남녀를 왕자에게 소개해주었다. 우선 허리까지 닿는 머리카락을 가진 아름다운 여인이 공손히 인사했다.

“아르슬란 전하이시옵니까. 소녀의 이름은 파랑기스라 하옵니다. 후제스탄의 미스라 신전에 속한 자였사오나, 선대 여신관장님의 유언에 따라 힘을 보태드리고자 찾아왔나이다.”

이어서 젊은 남자가 이름을 댔다.

“저는 기이브입니다. 전하를 모시고자 왕도 엑바타나

를 탈출하여 이곳까지 왔습니다.”

새빨간 거짓말이었지만 의심을 사기 전에 기이브는 사실을 늘어놓아 왕자의 신뢰를 얻고자 했다.

“전하의 어머님이신 타흐미네 왕비마마께서는 제가 탈출할 때까지 건재하셨습니다. 저는 왕비마마께서 친히 말씀을 내려주시는 영예를 누린 몸입지요.”

장래의 일은 장래의 일이다. 애초에 분쟁은 매우 좋아했다. 당분간 파랑기스의 곁에도 있을 수 있고, 루시타니아 병사들을 벨 대의명분도 얻었다. 지겨워지면 도망치면 그만이다. 기이브는 그렇게 달관했다.

약간 떨어진 곳에서 서 있던 다륜이 벗에게 쓴웃음과 함께 속삭였다.

“넷이 여섯이 됐군. 전력이 5할이나 늘어난 셈이지만, 과연 신뢰해도 좋을지.”

“루시타니아군이 30만 명이니 한 사람이 5만씩 해치우면 되겠네. 상당히 편해지지 않았나?”

나르사스는 천하태평한 소리를 지껄인 것이 아니었다. 이제까지의 처지는 지극히 곤란하며 앞으로도 당분간 개선의 여지가 없음을 나르사스답게 냉소했던 것이다.

그건 그렇다 쳐도, 왕과 왕비의 소재를 확인하기 위해 어쩌면 본격적으로 엑바타나에 잠입해야 할 것 같았다.

제5장 옥좌를 계승하는 자

I

물방울까지는 되지 못한 싸늘한 습기가 돌벽에 달라붙어 있었다.

햇빛의 은총을 받지 못하는 어떤 지하 공간이었다. 어른이 두 손으로 쥐어도 모자랄 것 같은 커다란 램프가 가로세로 10가즈(약 10미터) 정도 되는 방의 중심부만을 비추고 있다.

몇 개의 서재에 서적, 약제, 그 외의 마도에 쓰이는 온갖 물건들이 늘어서 있다. 쥐의 태아, 독초 가루, 유황을 굳힌 양초, 절단해 알코올에 절인 인간의 손 같은 것들이다.

은가면이 돌바닥에 서 있었다. 그는 손님이었으나 그리 대접을 받지는 못했다. 이 방의 주인인 암회색 옷차

림의 노인은 자신만 떡갈나무 의자에 앉아 무례를 정당화하려는 듯 말했다. 목소리는 흡사 녹슨 쇠로 만든 수레바퀴가 삐걱거리는 소음 같았다.

"나만 앉아있다고 해서 뭐라 하지는 말게. 그 술법이 얼마나 체력을 소모하는지는 자네도 잘 알 테니. 계곡이나 산골짜기가 아닌 평원에 안개를 일으켜 인근 뭇 국가들 중에서는 무적이라던 파르스 기병을 혼란에 빠뜨리지 않았나."

"말할 기력은 충분히 남은 모양이군."

은가면은 냉담하게 말했다.

"그딴 것보다도 일부러 불러낸 용건에 대해 말하는 게 어때?"

"오오, 그랬지."

말라빠진 목소리에 살짝 음률이 깃들었다.

"그대에게는 기쁘지 않은 소식이겠지만, 칼란이 죽었네."

은가면이 한순간 몸을 굳혔다. 두 눈에서 새나오는 빛이 더 강해졌다. 반문하지 않은 이유는 그럴 필요를 느끼지 못했기 때문이다.

"잠자코 안드라고라스 왕에게 충성을 맹세했더라면 명예로운 파르스의 장수로서 생을 마감할 수 있었을 텐데, 자네에게 가담하는 바람에 가엾게 됐지."

거짓 동정에는 관심을 기울이지 않은 채 은가면은 목소리를 낮추었다.

"칼란은 나를 잘 섬겨주었다. 그의 유족은 내가 책임지고 돌봐줄 것이다."

그리고 한 호흡을 두고.

"칼란을 죽인 자가 누구인가. 원수를 갚아주어야겠군."

"그것까지는 모르겠네. 말하지 않았나. 나의 힘이 완전히 회복되려면 올해 연말까지는 걸릴 거라고."

"됐다. 어차피 안드라고라스의 아들놈 일당이리라는 점에는 의심의 여지가 없으니. 안드라고라스의 아들놈은 자신이 살아날 길을 스스로 더욱 좁힌 셈이로군."

은가면이 눈에 보이지 않는 누군가를 향해 선고하자 말라빠진 노인은 기괴한 목소리로 웃었다.

"이거야 원, 불길하구먼. 누구에게 가장 불길할지는 모르겠지만."

은으로 만든 가면이 표정을 지을 수 있었다면 소유주가 명백한 불쾌감을 드러냈음을 만인이 알아차렸을 것이다. 그러나 그는 노인을 상대할 때의 불쾌함에는 익숙한지 태도는 지극히 태연했다.

"그러한 것보다도, 조심하게. 그대를 적대하는 자가 근처까지 왔으니."

"나를 적대하는 자?"

위험한 안광이 가면 틈에서 쏟아져 나와 노인의 주름투성이 얼굴에 부딪쳤다.

"안드라고라스의 아들 말인가?"

"아니, 그렇지 않네. 하나 그에 가까운 자일세. 어쩌면 칼란을 해친 자일지도 모르지."

말없이 팔짱을 끼는 은가면에게 노인은 짙은 연기 너머로 바라보는 듯한 눈빛을 보냈다.

"원수를 갚는 것도 좋네만, 상대는 하나가 아니야."

"몇이 됐든 마찬가지다."

"1대 1이라면 싸워도 좋네만, 1대 2라면 피하게. 그대의 검기로도 둘을 동시에 상대할 수는 없을 테니."

"……."

"이 세상에 강자는 그대만이 아닐세. 파르스의 태양 또한 그대 하나만을 위해 빛나는 것이 아니야. 자신과 과신은 밤과 어둠처럼 구분하기 어려운 법일세."

은가면은 고개를 끄덕였으나 반쯤은 형식적으로, 반쯤은 반사적으로 그리 한 것처럼 보였다.

이윽고 은가면이 자리를 뜨자 노인은 그가 테이블에 놓아두고 간 조그만 소가죽 자루를 들고 디나르의 수를 헤아렸다. 딱히 집착하는 것은 아닌지, 아무렇게나 꺼내놓은 금화를 책상 서랍에 던져 넣고는 중얼중얼 혼잣말을 시작했다.

"그놈에게는 돈이 목적인 것처럼 보여야 한다. 사왕蛇王 자하크 님을 되살려내기 위해서는 파르스 전토를 뒤덮을 유혈이 필요해. 언젠가 자하크 님의 양식이 된다면 누가 파르스의 왕이 된다 한들 전혀 상관할 바 없지만……."

노인은 한 손을 들어 천장에서 드리워진 끈을 잡아당겼다. 낡은 양피지에 그려진 그림 한 장이 벽면에 펼쳐졌다.

왕관을 품에 안은, 거무스름한 얼굴과 붉은 두 눈을 가진 남자의 초상화가 노인 앞에 나타났다. 은가면을 대할 때와는 다른 사람인 것처럼 노인은 공손히 고개를 숙였다.

"나의 주 자하크시여, 조금만 더 기다려 주시옵소서. 주의 충실한 종복인 저는 주께서 재림하시도록 밤낮으로 애를 쓰고 있나이다……."

사왕 자하크라는 이름을 모르는 자는 이 나라에 없을 것이다. 갓 태어난 갓난아기가 아닌 이상. 사왕 자하크란 과거에 지상을 지배했으며 포악의 극치를 달렸던 마왕의 이름이다. 성현왕 잠시드를 톱으로 썰어 죽여 시체의 살점을 바다에 뿌리고 그의 부와 권세를 모조리 빼앗았다.

자하크의 두 어깨에는 새까만 뱀 두 마리가 달려 있었

다. '사왕'이라는 이름의 유래였다. 이 뱀은 인간의 뇌를 먹이로 삼았기 때문에 자하크가 재위하는 동안 매일 두 명이 살해당해 뱀에게 뇌를 먹혔다. 바주르간이든 굴람이든 구별이 없었다. 공포의 치세는 천 년에 걸쳐 이어져 세상은 황폐해지고 사람들은 공포의 족쇄를 찬 채 살아갔으며 절망의 목줄을 찬 채 죽어갔다. 마흔 번에 걸쳐 세대가 바뀌어 마침내 사왕의 지배가 끝나는 순간이 왔다. 파르스 왕조의 시작이었다…….

노인은 초상화에 그려진 두 마리의 검은 뱀이 자하크의 두 어깨에서 고개를 든 모습을 숭배의 눈으로 한동안 바라보았다. 그리고 노쇠한 몸을 힘겹게 움직여 싸늘하고 눅눅한 공기 속을 심해의 기괴한 물고기처럼 흐느적흐느적 움직였다. 이윽고 바위의 균열과도 같은 입술이 움직였다.

"구르간."

노인은 기침하듯 누군가를 불렀다.

"구르간!"

"예, 존사尊師님. 여기 대령했습니다."

대답한 목소리는 방의 어두운 한구석에서 흘러나왔으나 대답한 자의 목소리는 보이지 않았다. 그러나 노인은 아랑곳하지 않고 약간 다급하게 명령했다.

"그대 외의 여섯을 즉시 불러오라. 아트로파테네 이후

병사와 백성을 합쳐 백만 정도가 죽었으나 아직도 부족하다. 파르스 백성 2천만 중 최소한 절반의 피를 대지에 먹여야만 나의 주 자하크 님께서 재림하실 것이다."

"즉시 말씀이십니까?"

"가능한 한 빨리."

"……알겠습니다. 존사님의 분부를 받듭니다."

목소리는 급속히 가라앉더니 공기를 구성하는 미립자 속으로 녹아들어갔다. 노인은 한동안 말없이 서 있었으나 불길한 기쁨을 입과 눈에 머금었다.

"사왕 자하크의 영광을 가로막는 자들에게 저주가 있으라……."

II

바자르가 재개된 데에서도 알 수 있듯 왕도 엑바타나는 루시타니아군이 점령한 후, 나름대로 질서를 되찾아가기 시작했으나 여전히 유혈은 마를 줄을 몰랐다.

폭동으로 성내를 혼란에 빠뜨리고 루시타니아군의 침입에 호응했던 굴람들은 당연히 보상을 받을 줄 알았지만 루시타니아군은 멋지게 손바닥을 뒤집었다.

"모든 재화는 루시타니아 국왕 이노켄티스 7세 폐하께 귀속될 것이다. 왜 너희 같은 놈들에게 넘겨야 한단 말이냐."

한때는 바주르간이나 부자들의 저택에 쳐들어가 온갖 복수의 쾌감을 만끽했던 굴람들은, 루시타니아군에 의해 예전과 같이 보잘것없는 노예용 가건물에 처박혀 쇠사슬에 묶였다. 항의는 채찍과 노성으로 보답받았다.

"멍청한 놈들. 영광스러운 이알다바오트 신의 사도인 우리가 천한 이교도들의, 그것도 노예인 너희와 성공을 나누어야 할 이유가 어디 있느냐. 기어오르지 마라."

"약속이 다르지 않소? 왕도에 입성하는 날에는 노예를 해방시켜준다고 했으면서!"

"이교도와의 약속 따위 지킬 필요도 없다. 너희는 소나 돼지하고도 약속을 하나?"

이리하여 굴람들은 과거와 마찬가지로 미래마저도 빼앗겼다.

부유한 자를 피해 지나가지 않는다는 일면에서는, 대륙 서북단 루시타니아에서 시작되어 파르스에 당도한 이 폭풍은 지극히 공평했다. 잃을 것이 많은 자일수록 많은 것을 빼앗겼다. 귀족, 신관, 지주, 호상들은 이제까지 무자비한 법과 권력으로 수탈하고 축적했던 것들을 무자비한 폭력에 강탈당했던 것이다. 그들을 위한 밤은 이제 막 시작되었을 뿐이었다.

"죽여라, 죽여라, 사악한 이교도들을 죽여라."

말라붙은 모래처럼 피를 갈구하며 외쳐댄 것은 대주교장 보댕이었다. 그의 도취는 나날이 깊고 격렬해졌다.

"신의 영광은 이교도들의 피에 의해 광채를 더할 것이다. 자비 따위 베풀지 마라! 한 명의 이교도가 살아서 음식을 입에 대면 올바른 신앙을 가진 이알다바오트 신도가 취해야 할 음식이 그만큼 사라지는 것이다."

물론 30만 루시타니아 장병 전체가 보댕 대주교와 '이교도 박멸' 의 정열을 공유하지는 않았다. 국정에 참가하는 장수나 관리들은 자신들의 목적이 정복과 파괴에서 지배와 재건으로 바뀌었음을 잘 알았다. 왕제 기스카르가 이 사실을 환기시키기도 했다. 일반 병사 중에도 유혈과 시체의 냄새에 진저리가 나서, 혹은 뇌물을 받아서 파르스 사람들의 목숨을 구하고자 나선 자들도 있었다.

"이자는 가족과 함께 개종하겠다고 합니다. 그렇다면 목숨을 살려 신을 섬기게 하면 되지 않겠습니까?"

그런 진언을 받아도 보댕은 펄펄 뛰며 외쳤다.

"거짓된 개종이다! 고문도 받지 않고 개종하겠다는 것들의 말을 어찌 신용하는가!"

이런 자인 만큼 파르스 왕비 타흐미네를 보는 눈도 곱지 못했다.

"그 계집은 파르스 왕 안드라고라스의 왕비이며, 당연

히 이알다바오트 신의 은총을 받지 않은, 저주받은 이교도이옵니다. 어찌 하루속히 화형에 처하지 않으시옵니까?"

이렇게 국왕에게 대들 지경이니, 이노켄티스 7세는 말을 이리저리 돌리기만 할 뿐 타흐미네와의 결혼은 입 밖에도 낼 수 없었다.

"신의 진노도 진노지만 그 이전에 보댕 대주교를 설득하셔야 합니다, 형님."

왕제 기스카르느는 지당한 말을 하면서도 형왕의 애원하는 눈빛에는 모르는 척할 뿐, 스스로 보댕을 설득하려 들지는 않았다. 애초에 곤란한 일이 생기면 금방 동생에게 해결을 맡기려 하는 형왕의 나약함을 기스카르는 곱지 않게 여겼다. 그 누구도 아닌 자기 자신의 결혼이 아닌가. 스스로 곤란을 극복해야 하지 않겠는가.

기스카르가 그렇게 생각하는 이유는 물론 형을 위해서가 아니었다. 보댕에 대한 형의 증오가 신앙을 능가할 날이 머잖아 다가오리라. 그는 그때를 고대했다.

왕궁의 광대한 안뜰 중 한곳에는 장식용 타일이 깔리고 곳곳에 사자 분수와 오렌지 나무, 백화강암으로 만든 정자가 있었다. 한때는 파르스의 귀인과 궁정노예들의 피로 더럽혀졌던 곳이지만, 일단 핏자국은 정리가 되었으며 과거의 화려함에는 미치지 못하더라도 보기 흉하지는 않았다. 불순한 기사나 병사들의 출입도 금지되었다.

이는 루시타니아 국왕 이노켄티스 7세가 엄히 —— 동시에 보댕 대주교의 귀에 들어가지 않도록 —— 명령한 결과였다. 이유는 이 안뜰에 인접한 한 구역에 어떤 부인이 연금되어 있기 때문이다. 형식적으로는 연금이라지만 루시타니아 명문가의 여성조차 꿈꿀 수 없는 사치가 용납되는 이교도 여인, 다시 말해 파르스 왕비 타흐미네였다.

이노켄티스 7세는 하루 한 번은 반드시 이 안뜰에 인접한 구역을 방문해 타흐미네에게 면회를 청했다. 타흐미네는 까만 베일로 얼굴을 가린 채 한마디도 하지 않았으며 정복자인 루시타니아 국왕은 무언가 불편한 점은 없는지, 그런 시답잖은 것들을 물어보고는 보댕의 눈을 피하듯 일찌감치 자리를 뜨고는 했다. 그러나 12월에 접어든 어느 날, 이노켄티스 7세는 칭찬을 기대하듯 슬쩍 가슴을 폈다.

"새해가 밝으면 짐은 왕이 아니라 황제라 칭하게 될 것이다."

구 루시타니아, 마르얌, 파르스 3국의 왕이며 신 루시타니아 제국의 황제 이노켄티스. 이제는 단순한 일국의 왕인 '7세'가 아니었다.

"그래서 말인데, 타흐미네. 세간에서는 황제에게 황비가 필요하다고 여기며, 짐도 그 말이 옳다고 생각한다."

"……."

타흐미네의 침묵이 뜻하는 바를 루시타니아 국왕은 이해하지 못했다. 부정인지 긍정인지, 아니면 무언가를 기다리는지. 이노켄티스 7세는 알 수 없었다. 그는 그때까지 단순한 세계에서 살아왔던 단순한 사내였다. 선과 악이란 여름의 낮과 겨울의 밤처럼 명확하게 나뉘는 것이었다. 이 잣대만으로는 잴 수 없는 것도 존재한다는 사실을, 이미 젊다고는 할 수 없는 왕은 막연하게나마 느낄 수 있게 되었다.

III

그날, 왕도의 남문 앞 광장에서 성대한 분서焚書의 식이 거행되었다. 불태워야 할 '사악한 이교의 책'은 1200만 권이 넘었으며 왕립도서관은 완전히 텅 비었다. 서적의 산과 구경꾼의 무리를 앞에 두고 대주교 보댕은 소리를 질러대고 있었다. 학술에 관심이 있는 한 기사가 용감하게도 —— 혹은 무모하게도 —— 분서에 이의를 제기했던 것이다.

"아무리 이교의 책이라고는 하지만 이렇게나 귀중한 서적을, 연구도 하지 않고 불 속에 던져도 되겠습니까? 불태운다 하더라도 충분한 시간을 들여 가치를 판단한 다음에 태우는 것이 어떻겠습니까?"

"신성모독자 같으니!"

보댕은 발을 굴렀다.

"이러한 서적이 이알다바오트 성전과 같은 내용을 기술하고 있다면 이 세상에 책이란 성전 하나면 충분하다. 만일 성전에 반하는 내용을 기술했다면 이는 악마의 간계에 따라 만들어진 것이므로 멸해야만 한다. 어찌 됐든 불 속에 집어던져야 한다!"

"하오나 의학서까지도 태운다는 건……."

기사는 호되게 입가에 따귀를 얻어맞고 비틀거렸다.

"이알다바오트 신을 진심으로 공경하는 자에게는 병마 따위 찾아오지 않는다. 병에 걸린 자는 마음에 악한 씨앗을 품고 있기에 신의 벌을 받는 게야! 설령 일국의 왕이라 해도……."

독이 깃든 안광을 멀리 떨어진 옥좌에 앉은 국왕에게 돌리고 보댕은 더욱 목소리를 높였다.

"설령 일국의 왕이라 해도, 이교도의 여인을 아내로 맞아들이겠다는 따위의 삿된 마음을 품었을 때 병독은 신의 지팡이가 되어 오만한 자를 칠 것이다. 사심 있는 자는 회개하라!"

보댕이 한 손을 들자, 사람들이 서적의 산에 기름을 붓고 횃불을 던졌다.

불꽃이 높이 타올라 1200만 권의 서적을 삼켰다. 파르스 건국 이전부터 천 년에 걸쳐 축적되었던 인간의 사색과 감성과 기록이 침입자의 신에 의해 하나하나 말살되고 있었다.

역사, 시, 지리, 의학, 약학, 철학, 농사, 공예…… 한 권의 서적이 완성되기까지 무수한 사람들이 쏟아부었을 수고와 정열이 불꽃 속에서 숯이 되고 재가 되었다.

갑옷을 입은 루시타니아 병사들의 대열에 가로막힌 채 분서 광경을 지켜보는 파르스인들 사이에서 억누른 분노와 비탄의 목소리가 흘러나왔다.

군중 속에 눈가까지 깊이 후드를 뒤집어쓴 장신의 사내 둘이 나란히 서 있었다. 비교적 작은 사내가 씁쓸한 분노를 담아 중얼거렸다.

"재화를 빼앗는 것이라면 모를까, 문화를 태워 버리다니. 이제는 야만인이라고도 할 수 없겠군. 원숭이나 하는 짓일세."

"이 만행을 지휘하는 대주교라는 작자를 보게. 아주 신이 나서 춤을 추는군."

"저 보댕이라는 치는 내가 죽이겠어. 국왕이니 왕제니 하는 것들은 자네한테 맡길 테니까. 알았어, 다륜? 저 자식은 나한테 양보해."

"좋아."

다륜과 나르사스였다.

분서를 마지막까지 지켜보지는 않고 두 사람은 성문 앞의 광장을 떠나 반쯤 미로와도 같은 아랫마을로 들어갔다. 분서에 대한 분노는 그렇다 쳐도 그들은 안드라고라스 왕과 타흐미네 왕비의 정보를 수집해야만 했다.

"이알다바오트란 원래 고대 루시타니아어로 '성스러운 무지無知'라는 뜻이었다는군."

걸어가면서 언짢은 투로 나르사스가 설명했다.

그들의 신화에 따르면 원래 인간은 사시사철이 봄인 낙원에서 고뇌도 의심도 모르고 행복하게 살았으나, 신이 금지했던 지혜의 열매를 먹었기 때문에 낙원에서 추방당했다고 한다. 나르사스에게는 불쾌한 신화였다. 인간을 돼지로 업신여기는 사상이라고 생각했다. 모순에 의심을 품지 않는 인간, 부정에 분노를 품지 않는 인간은 돼지만도 못하다. 그런데 어째서 이알다바오트 교만이 아니라 모든 종교가 의심하지 말고 분노하지 말라고 가르치는 것일까.

"그거 아나, 다륜? 놈들이 마르얌을 멸망시키고 파르스를 침공한 것도, 따지고 보면 놈들의 성전에 적힌 문장이 원인이라고 해도 과언이 아니라네."

"그들의 신이 파르스를 그들에게 준다고 했나?"

"파르스라고 명기된 건 아니야. 하지만 그들의 성전에 따르면 그들의 신은 신도들에게 세계에서 가장 아름답고 풍요로운 토지를 주겠노라 약속했다는군. 그러니 그들의 입장에서는 파르스처럼 아름답고 풍요로운 토지는 당연히 자기들 것이고, 우리야말로 불법점거자인 셈일세."

"아주 제멋대로군."

다륜은 후드를 고쳐쓰며 이마에 드리워진 머리카락을 아무렇게나 쓸어넘겼다.

"그래서, 루시타니아 놈들은 그 신의 뜻인지 뭔지를 진심으로 믿는다고 하나?"

"글쎄. 믿는 건지, 믿는 척해서 침략을 정당화하는 건지."

후자라면 루시타니아인과 한자리에 서서 외교라는 수단으로 사태의 해결을 꾀할 수도 있으리라. 전자라면 루시타니아를 힘으로 짓밟아버리지 않는 한 파르스가 생존할 수는 없다. 어찌 됐든 그들을 쓰러뜨릴 방법을 생각해야만 한다.

"루시타니아인들을 가지고 놀 방법은 몇 가지 있어."

그를 궁정화가로 삼겠다고 약속한 왕자를 위해, 나르사스는 자신의 능력으로 가능한 일이라면 무엇이든 해낼 생각이었다.

"예를 들어 왕자님의 이름으로 파르스 전국의 굴람을 해방하고 노예제도를 폐지하겠다고 약속하면, 그중에서 1할만 무기를 들어도 50만이나 되는 대군을 편성할 수 있지. 이 경우 자급자족이 전제가 되겠지만."

"과연."

다륜은 고개를 끄덕였다.

"다만 이때는 지금 굴람을 소유한 영주나 귀족들의 지원은 기대할 수 없네. 손해를 본다는 사실을 알면서도 편을 들어줄 만큼 착한 놈들은 없거든."

"자네는 다이람의 영주였으면서도 굴람을 해방하고 영지까지 반납했잖나."

"난 괴짜니까."

나르사스는 오히려 으스대듯 말하다가 갑자기 씁쓸한 표정을 지었다.

"……게다가 굴람을 해방한다고 그걸로 끝나는 게 아닐세. 그다음이 더 힘들거든. 탁상공론만 가지고는 안 돼."

나르사스 자신의 경험에서 우러나오는 말인 것 같았

다. 다륜은 굳이 묻지 않았다. 나르사스는 한 차례 고개를 가로젓더니 마음을 다잡은 듯 루시타니아군을 타도할 몇 가지 책략을 손꼽아가며 설명하기 시작했다.

"구 바다흐샨 공국의 토지를 미끼 삼아 신두라를 낚는 방법도 있지. 마르얌 왕국에 잠입해 재건을 꾀하는 왕당파를 봉기시켜 루시타니아군과 본국의 연결을 끊을 수도 있고. 혹은 아예 루시타니아 본국에 공작을 벌여서 잔류한 왕족이나 귀족들에게 왕위를 노리게 해도 좋겠군. 루시타니아의 이웃나라들을 선동해 본국으로 쳐들어가도록 하는 방법도 괜찮고……."

다륜은 감탄해 벗을 바라보았다.

"자네는 용케도 그렇게 기발한 책략을 쑥쑥 내놓는군. 나처럼 단순한 무골과는 역시 격이 다른걸."

"파르스 최고의 용사에게 칭찬을 받으니 황송하네만, 고안해낸 책략이 백 가지 있다 한들 실행으로 옮길 수 있는 건 열 가지, 성공하는 건 한 가지. 그 정도일세. 생각하는 게 전부 이루어진다면 이 세상에서 망국의 군주가 될 사람이 누가 있겠나."

두 사람은 주점으로 들어가려 했다. 전란의 시대에도 쇠하지 않는 장사가 몇 가지 있다. 매춘굴이 그렇고, 도박장이 그렇고, 전리품이나 약탈품을 거래하는 장물아비가 그렇다. 그리고 그런 일에 얽힌 자들이 술을 마시며 담합하고 거래하는 가게가 그렇다. 당연히 그런 곳에서는 무책임한 소문도 부풀어, 모여든 사람들의 수를 웃도는 정보가 흘러들게 될 것이다.

주점에서 비틀비틀 걸어나오는 파르스 병사 하나가 있었다. 당연히 칼란의 일당에 속해 루시타니아에 충성을 맹세한 자일 것이다. 6할 정도 취한 그 병사는 피하려던 다륜의 어깨에 부딪치더니 무언가 욕설을 하면서 후드 안의 얼굴을 올려다보았다. 표정이 돌변했다.

"……으악! 다륜!"

병사는 요란하게 비명을 지르며 펄쩍 뛰더니 주위 사람들을 밀고 떨치며 도망쳤다. 술기운 따위 천공 저편으로 내팽개친 것 같아 멱살을 붙잡고 도로 데려올 틈도 없었다.

턱을 문지르며 나르사스가 감탄했다.

"싸우지도 않고 도망치다니, 자기 역량을 아주 잘 아는군."

그리고 두 사람은 도망친 병사의 뒤를 추격했다. 뛰어가지는 않았다. 뛴다고 해서 쉽게 따라잡을 수도 없을뿐더러, 그들에게는 사전에 계산이 있었다.

두 사람은 일부러 거리를 두고 미로 같은 골목길을 따라 더욱 안쪽으로 나아갔다. 건물 벽을 타듯 속삭임이 흐르며, 은밀한 감시의 눈이 한시도 놓치지 않고 두 사람의 모습을 따라왔다.

'포상이 목적'이라고 적힌 눈에 보이지 않는 팻말을 목에 건 네 명의 병사가 나르사스의 진로를 가로막으며 나타난 것은 천을 헤아리기도 전이었다.

다륜은 십대 시절에 이미 '마르단'과 '시르기르' 칭호를 얻은 최연소 마르즈반이기도 했다. '마르단후 마르단'이라 불리기까지 했다. 그런 다륜에 비하면 나르사스가 상대하기 쉬우리라 판단한 것도 무리는 아니다. 그러나 그 선택은 결국 아무런 행운도 가져다주지 않았다. 그들의 주도권은 네 자루의 칼을 뽑을 때까지만 이어졌다.

나르사스는 오른쪽의 적을 향해 단숨에 도약하더니 비스듬히 장검을 내려쳤다. 적은 피할 여유도 없어 자신의 칼로 나르사스의 칼을 튕겨내려 했다. 검신이 격돌한 다음 순간 나르사스의 검이 허공에 희고 짧게 호를 그리며 상대의 목덜미를 호되게 훑고 지나갔다.

시야를 가려버릴 정도로 솟구친 피를 교묘하게 피하며 땅에 살짝 무릎을 꿇은 나르사스는 지체하지 않고 칼끝을 위로 날렸다. 눈앞까지 닥쳐왔던 적의 오른손이 검을 쥔 채 피의 꼬리를 끌며 하늘을 날았다. 비명이 끊어지기도 전에 세 번째 병사는 뛰어서 돌아온 다륜의 장검에 가슴을 꿰뚫려 쓰러졌다.

네 번째 병사는 뻣뻣이 선 채 소리도 내지 못했으나, 돌아서더니 다륜이 다가오는 모습을 보고, 다시 한 번 돌아서서 나르사스의 비아냥거리는 미소를 보고, 검을 내팽개치며 주저앉고 말았다. 허무하게 입을 빼끔거리며 소가죽 자루를 집어던졌다.

자루 주둥이가 벌어지면서 열 닢 정도 되는 디나르와 그 두 배쯤 되는 드라흠이 땅에 쏟아졌지만 다륜도 나르사스도 관심을 보이지 않았다.

"원하는 것은 단 하나, 안드라고라스 폐하가 있는 곳이다."

"몰라!"

병사의 목소리는 처음부터 비명에 가까웠다.

"알고 있으면 가르쳐 주겠어. 나도 목숨이 아깝다고. 하지만 정말 몰라!"

"단순한 소문이라도 상관없으니, 너 자신을 위해서라도 잘 떠올려봐."

나르사스가 조용히 협박했다. 병사는 자기 자신을 위해 아는 것들을 모조리 입에 담았다. 그의 말에 따르면.

안드라고라스 왕이 살아있다는 건 확실하다. 어딘가에 유폐되어 있겠지만 칼란 공은 얼마 안 되는 측근에게만 그 사실을 알려주었다. 루시타니아 장군들에게도 그 사실은 알리지 않아 불만을 사는 것 같았다. 그리고 또한 가지, 경시할 수 없는 소문이 있는데…….

"타흐미네 왕비가 루시타니아 왕과 결혼한다던 걸……. 루시타니아 병사들이 그렇게 수군거리는 걸 들었어. 놈들의 왕이 왕비를 한 번 보고는 넋이 나갔다는 거야."

"뭐라고……?!"

겁이 없는 나르사스도, 대담한 다륜도 아연실색해 말을 이을 수 없었다.

병사를 꽁꽁 묶어 쓰레기통에 처넣고 두 사람은 다시 시내로 나왔다. 타흐미네 왕비 이야기가 그들에게서 활기를 앗아갔다. 인간은 죽으면 그것으로 끝이지만 살아 있으면 참으로 곤란한 문제에 직면하는 법이다.

"바다흐샨, 파르스, 그리고 루시타니아. 3개국의 군주를 현혹하다니, 왕비님의 미모도 죄로군."

"그렇다 해도 왕비님께서 결혼을 하신다면 폐하의 안부는 뻔하네. 어느 국가든 중혼이 인정될 리가 없으니. 설령 지금은 살아계시더라도 결혼에 장애가 된다면 살해당하실 수도 있네."

"혹은 루시타니아 왕국이 안드라고라스 왕의 생명과 맞바꿔 타흐미네 왕비에게 결혼을 종용할지도 모르고 말이지."

두 사람이 이야기를 나눈다 한들 명백한 결론이 나올 리가 없다. 얼마나 효과가 있을지는 알 수 없지만 그들은 다시 한 번 조금 전의 책략을 쓰기로 했다. 효과가 없다면 그때 다시 생각해 볼 일이다. 병사의 고백을 보강하기 위한 자료가 필요했으며, 나르사스조차 이때만큼은 새로운 방법을 생각해내는 것이 귀찮은 것처럼 여겨졌다.

아무것도 없다면 처음 예정했던 주점에서 만나기로 하고 두 사람은 진로를 바꾸었다.

우연이기는 했지만 운명이라는 것이 공정을 기했는지는 알 수 없었다. 다륜이 몇 번째 모퉁이를 돌았을 때, 이번에는 위험이 그에게 으르렁거리기 시작했다.

사위스러운 은색 가면이 다륜의 눈앞에 있었던 것이다.

IV

다륜에게 파랑기스처럼 인간이 아닌 것들의 말을 알아듣는 능력이 있었다면, 명부에서 그에게 경고하는 백부 바흐리즈의 목소리를 느꼈을지도 모른다.

그러나 그런 능력이 없더라도 초면인 상대에게서 위험한 냄새를 맡기는 쉬운 일이었다. 노골적으로 드러낸 적의와 악의가 사막에 부는 바람처럼 다륜을 향해 뜨겁게 휘몰아쳤던 것이다.

살기에 응해 다륜이 장검을 뽑아들었던 것은 전사의 본능이라고 해야 할까.

"잔꾀 부리느라 수고가 많구나, 멍청한 놈."

가면 너머로 들려온 나직한 웃음소리는 이를 말한 자의 외견과 마찬가지로 불길했다. 그 이상 쓸데없는 대화는 나누지 않았다. 피차 적이라는 사실은 명백했다.

다음 순간 터져 나온 칼소리는 격렬했다. 서로 반대편으로 물러나 첫 참격을 피한 다륜은 잇달아 공세에 나섰으나 상대의 몸을 스치지도 못했다.

다륜은 전율했다. 누구나 용맹하다고 인정하는 그조차도 전율을 금치 못할 만큼 상대의 역량은 엄청났다. 그는 전법을 바꾸었다. 공격을 중지하고 반걸음 물러나 수세로 전환해보았다.

은가면은 날카롭게 파고들며 잇달아 격렬한 참격을 퍼부었지만 바로 조금 전의 다륜과 마찬가지로 완벽한 방어에 직면했을 뿐이었다.

종횡무진 베어대고 검광의 잔영을 허공에 번뜩이면서, 두 사람은 상대에게서 전에 겪지 못한 웅적雄敵의 존재를 보고 있었다.

칼날과 칼날이 강렬한 기세로 맞물리고 허공에 정지했다. 두 사람의 얼굴이 지근거리까지 다가오고 서로의 숨소리가 겹쳐져 청각을 가득 메웠다.

"이름을 묻지."

은가면의 사내가 말했다. 싸늘한 목소리 밑바닥에서 감탄의 마음이 배어났다. 가면의 가느다란 구멍에서 새어 나오는 안광을 바라보며 다륜은 짧게 이름을 댔다.

"다륜."

"다륜이라고……?"

기억을 향해 묻는 목소리는 한순간 후 악의에 가득 찬 조소가 되어 터져 나왔다. 의외의 반응이 다륜을 놀라게 했다.

"이거 걸작이로군. 그 바흐리즈 영감의 조카란 말이지. 어쩐지……."

강하더라니, 라고 말을 이으려 했는지 어떤지는 모르겠지만 은가면은 말을 삼키더니 두 눈에서 악의를 방사했다. 다륜 이외의 다른 사람이었다면 모골이 송연했을 웃음의 파동으로 그가 쓴 가면 전체를 흔들었다. 그것이 가라앉자 오만한 고백이 그의 입에서 튀어나왔다.

"가르쳐주마. 네놈의 백부 바흐리즈의 백발성성한 목을 몸통에서 베어 낸 것은 바로 나다."

"뭐야?!"

"안드라고라스의 개가 개에 어울리는 보답을 받은 게지. 네놈도 백부와 똑같이 죽어볼 테냐?"

맞물렸던 칼날이 떨어진 한순간 다륜의 장검이 허공에서 울부짖었다. 그 신속함과 격렬함은 은가면의 예측을 넘어섰다. 막기 위해 움직였던 검은 허무하게 허공을 휘저었고 사내는 다륜의 참격을 얼굴로 받았다.

쩌엉. 은가면이 비명을 지르며 둘로 갈라졌다. 엄중히 가려놓았던 맨얼굴이 바깥 공기에 드러났다. 사내의 입에서 격정 어린 신음이 터져나왔다.

다륜은 보았다. 두 가지 얼굴을. 갈라진 은가면 아래에는 다륜과 거의 비슷한 연배의 젊은 남자 얼굴이 있었다. 왼쪽 절반의 희고 수려한 얼굴과, 오른쪽 절반의 검붉게 타 문드러진 처참한 얼굴이 한 얼굴의 윤곽 속에 동거했다.

1초도 안 되는 짧은 시간이었지만 그 얼굴이 다륜의 눈에 단단히 새겨졌다. 사내는 왼쪽 팔을 들어 얼굴을 감쌌으나 혈광血光을 뿜어내는 두 눈이 다륜을 노려보았다. 반격의 일검이 섬광을 자아냈다.

다륜은 뒤로 뛰어 물러났으나 분노와 증오를 담은 날카로운 검기는 바로 조금 전까지와 비교도 되지 않았다. 뱀이 약동하듯 칼날이 날아들어 다륜을 몰아붙였다. 아무리 다륜이라 해도 발이 꼬여 비틀거렸다.

은가면을 잃어버린 사내는 필살의 일검을 날리려 하다가, 느닷없이 방향을 바꾸더니 수평으로 짓쳐들어오는 검신을 간신히 튕겨 냈다. 사내의 무시무시한 시선 너머에 나르사스가 서 있었다.

"이봐이봐, 이름도 물어봐 주지 않을 텐가? 물어보지도 않는데 내가 먼저 이름을 대면 민망하잖나."

얼굴을 가린 팔과 망토 틈에서 안광이 살의의 화살이 되어 쏘아져 나왔지만 나르사스는 꿈쩍도 하지 않았다. 적어도 겉으로는.

"누구냐, 광대 같은 놈."

"마음에 안 드는 말투지만 질문을 받았으니 이름을 대야겠지. 내 이름은 나르사스. 차기 파르스 샤오의 치세에서 궁정화가가 될 몸이시다."

"궁정화가라고?!"

"예술과는 인연이 없는 자네는 모르겠지만 아는 사람들은 화성畵聖 마니의 재림이라 부르지."

"부르기는 누가."

그렇게 중얼거린 사람은 자세를 가다듬고 선 다륜이었다. 호흡도 심장 고동도 완전히 제어를 마친 그 모습을 보고 은가면은 승산이 사라졌음을 깨닫지 않을 수 없었다. 1대 2, 게다가 그는 한쪽 팔로 얼굴을 가린 채 웅적과 겨루어야만 한다. 어쩌면 어떤 지하실에서 암회색 옷을 입은 노인에게 들은 예언을 떠올렸는지도 모른다.

"승부는 훗날로 미뤄 두지. 오늘은 물러나겠다."

"전형적인 상황에서 전형적인 소리를 하는 친구로군. 오늘 할 수 있는 일을 내일로 미룰 필요는 없네만."

은가면을 잃어버린 사내는 나르사스의 도발에도 넘어오지 않았다. 한 팔로 얼굴을 가린 채 협공의 위험을 교묘하게 피하며 후퇴했다.

"잘 있어라, 돌팔이 화가. 다음에 만날 때까지 그림 실력이나 길러두시지."

근거 없는 매도였으나 나르사스의 자존심을 상처 입히기에는 충분했다. 미래의 궁정화가는 말없이 스슥 전진해 바람을 가르는 일격을 퍼부었다.

은가면을 잃어버린 사내는 이를 받아 흘리면서 몸을 돌렸다. 교묘하다기보다는 유려한 동작에 나르사스만이 아니라 다륜조차 파고들 틈이 없었다.

은가면은 좁은 골목으로 뛰어들어 벽 쪽에 놓인 나무통이며 함지박을 걷어차 추적을 가로막았다. 처음 들어왔던 모퉁이 너머로 망토 끝자락이 사라지자 아르슬란을 섬기는 두 기사는 추적을 단념했다. 다륜이 벗의 어깨를 두드렸다.

"저놈이 누군지는 모르겠지만 무시무시한 실력이었네. 자네가 와주지 않았다면 지금쯤 놈의 검에 정수리가 두 쪽이 났을 판이었지."

"그딴 거야 아무래도 상관없지만 마음에 안 드는 놈이

야. 나를 돌팔이 화가라고 지껄였겠다. 예술도 문화도 이해하지 못하는 놈들이 거들먹거리며 횡행하다니, 말세로군."

다륜이 말없이 있으려니.

"그런데 저자가 자네의 백부님을 잘 아는 것 같더군. 지인인가?"

"나도 그 점을 생각하고 있었네만, 아무래도 기억이 나지를 않네. 가면은 엄포 때문에 쓴 것인가 싶었지만 그렇지도 않은 모양이고. 그렇게 끔찍한 화상을 입었으니 얼굴을 가리지 않을 수 없겠지."

다륜의 목소리에 고개를 끄덕이면서도 나르사스는 약간 석연찮은 표정이었다.

아무래도 그뿐만이 아닌 것 같다는 생각이 들었기 때문이다. 가면을 뒤집어쓴 이유는 타인에게 얼굴을 알리지 않기 위해서지만, 완전히 미지의 땅에서 미지의 인간을 대할 때면 그런 이유도 사라지지 않겠는가. 그 화상이 없었다면 나르사스 자신도 의외로 쉽게 떠올렸을지 모르는 일이었지만…….

V

루시타니아 병사들에 의해 황폐해진 한 마을의 농가에

서 소소하지만 확고한 반反 루시타니아 세력이 모여 있었다. 아르슬란, 다륜, 나르사스, 파랑기스, 기이브, 그리고 엘람. 모두 젊었으며, 특히 엘람은 열세 살밖에 안 됐다. 그러나 강대한 루시타니아군 앞에서 앞발을 치켜든 사마귀와도 같은 그들에게 반드시 풍요로운 미래가 약속된 것은 아니었다.

어머니인 왕비가 루시타니아 국왕과 결혼을 앞두고 있다는 소식은 아르슬란에게 충격을 주었다.

나르사스도 다륜도 이런 정보는 감추어 두고 싶었으나, 언젠가 결혼식이 치러진다면 싫어도 아르슬란의 귀에 들어간다. 비밀로 해 둘 만한 이야기가 아니었다.

한동안 말없이 방 안을 쏘다니던 왕자를 기사들도 말없이 지켜보았다.

"한시라도 빨리 어마마마를 구해내야만 한다."

이윽고 걸음을 멈추더니 아르슬란은 이 가는 소리와 함께 중얼거렸다. 아름다운, 그러나 아들에게는 어딘가 싸늘했던 어머니. 처음으로 말을 탔을 때도, 사냥을 다녀왔을 때도 칭찬해 주기는 했으나 어쩐지 따뜻하지는 않았다.

"왕비마마는 당신 생각만 하신다니까……."

그런 궁녀들의 험담을 들은 적도 있다. 어쩌면 그 말이 옳은 비판일지도 모른다. 그러나 어쨌거나 타흐미네는 그의 어머니였으며, 자식으로서 어머니를 구해야만 했다.

"어마마마를 구해내야만 한다. 루시타니아 왕이 강제로 결혼식을 올리기 전에……."

아르슬란은 되풀이했다.

다륜과 나르사스는 슬쩍 시선을 나누었다. 왕자의 심정은 당연했지만 세력이 열약한 그들이 왕비 구출을 최우선 과제로 삼는다면 앞으로 전술상 선택의 여지가 현저히 줄어버릴 것이다.

'그 거짓말쟁이 왕비님이 미인계로 루시타니아 왕에게 접근해 자기 보신을 하려 했던 건 아니려나? 그 정도는 하고도 남을 만한 여자였는데…….'

기이브는 불손한 상상을 해 보았지만 아무리 그래도 입 밖에 내지는 않았다. 그는 네 사람 중에서도 가장 필연성이 희박한 이유로 아르슬란의 동료가 되었으나 현재 자신의 처지를 꽤 즐기고 있기도 했다. 나르사스가 궁정화가가 된다는 말을 듣고, 그럼 자신은 궁정악사를 시켜달라고 할까 생각하기도 했다.

파랑기스가 녹색 눈동자에 동정의 빛을 띠고 왕자를 보았다.

"전하, 조바심을 내지 마시옵소서. 루시타니아 국왕이 어머님과의 결혼을 바란다 한들 어머님은 루시타니아인의 입장에서 보자면 이교도. 주위에서 그리 호락호락 인정할 리가 없나이다. 근시일 내로 상황이 돌변하지는 않으리라 생각하옵니다."

나르사스가 고개를 끄덕였다.

"파랑기스 말이 맞습니다. 결혼을 강행한다면 특히 성직자 놈들의 반발을 살 테고, 여기에 야심 있는 왕족이나 귀족들이 얽히면 내분이 발생할 수도 있지요. 굳이 억지로 나설 수는 없습니다."

여기에 다륜도 거들었다.

"전하께는 불쾌한 일이 되겠사오나, 그러한 사정이 있다면 왕비마마께서 봉변을 당하실 가능성도 희박할 것입니다. 폐하 또한 어쨌거나 살아계시다고 하니 구출할 기회도 있지 않겠습니까."

그들은 자신들이 하는 말이 정론임을 인지하지만 열네 살짜리 소년이 이를 받아들일지 어떨지는 별개의 문제였다. 잔혹하다는 것을 알면서도 그들은 아르슬란에게 일국의 왕으로서 갖추어야 할 도량과 책임을 개인의 의무보다도 우선시하기를 바라고 있었다.

이윽고 아르슬란이 어깨에서 힘을 뺐다.

"어쨌거나 우리는 숫자가 너무 적다. 어떻게 아군을 늘리면 좋을까, 나르사스?"

나르사스는 잠시 간격을 두고 대답했다.

"지상에 완벽한 정의라는 것을 펼치기란 불가능할 겁니다. 하지만 이제까지 이어졌던 파르스의 국정이나 루시타니아의 폭거보다는 나은 정치가 존재해도 되지 않을까요. 도리에 맞지 않는 행위를 근절할 수는 없다 하더라도 줄일 수는 있을 겁니다. 아군을 늘리려면 전하께서 장래에 그렇게 하시겠다는 뜻을 파르스 백성들에게 널리 알리십시오. 왕위의 정통성은 혈통이 아니라 올바른 정치가 보장해주는 것이니까요."

본질을 찌른 의견이기는 했으나 아르슬란은 좀 더 직접적인 책략을 기대했다. 그 점을 잘 아는 나르사스가 말을 이었다.

"외람되오나 왕이란 무릇 책략이나 무용을 뽐내서는 안 됩니다. 그것은 신하 된 자의 역할이지요."

얼굴을 붉히는 아르슬란을 보며 나르사스는 포도주 한 모금을 입에 머금었다.

"우선 전하의 목표를 확실히 하십시오. 저희는 그걸 이룰 수 있도록 힘을 보태드릴 테니까요."

"……."

"정복이 끝나면 루시타니아인은 파르스 문화를 근절하려 들 겁니다. 파르스어 사용을 금지하고, 파르스 이름도 루시타니아풍으로 바꾸고, 파르스 신화의 신들을 모시는 전당을 파괴해 이알다바오트 신의 전당을 곳곳에 세우겠지요."

"그게 사실인가?"

"야만인이란 그런 법입니다. 타인에게도 소중한 것이 있다는 사실을 이해하지 못하지요. 전당이 부서지는 거야 그렇다 쳐도……."

나르사스는 술잔을 테이블에 다시 내려놓았다.

"이알다바오트 교에서는 이교도를 세 가지 형태로 대합니다. 기꺼이 개종한 자는 일단 재산을 보장받아 아자트가 될 수 있습니다. 강제로 개종한 자는 재산을 몰수당하고 굴람이 되지요. 끝까지 개종하지 않는 자는……."

목에 손가락을 가져다 대고 힘차게 옆으로 그어 보인 것은 기이브였다. 그 동작에 나르사스는 고개를 끄덕이고, 생각에 잠긴 아르슬란을 바라보았다. 왕자는 뺨을 붉혔다.

"파르스 백성이 그렇게 되도록 내버려 둘 수는 없다. 그러려면 어떻게 해야 좋겠는가? 그대들의 힘을 미숙한 나에게 빌려다오."

엘람을 포함한 다섯 사람은 왕자를 바라보았다. 이윽고 다륜이 일동을 대표해 대답했다.

"소인들은 미력하오나, 전하께서 루시타니아의 침공을 물리치시고 파르스의 평화를 되찾으시도록 기꺼이 돕겠습니다."

"고맙다. 잘 부탁한다."

아르슬란은 아직 막연한 예감 이상의 것을 품지 못했다. 이제부터 자기 자신을 찾기 위한 긴 여행을 떠나야만 한다는 사실을 통찰하지 못했다. 열네 살인 그는 미숙하며, 그의 주위에 있는 전사들에게도 수많은 적에게도 힘없는 존재였다. 그가 품고 있는 수많은 책임 가운데 가장 큰 것은 아마도 자신을 성장시키는 것이리라.

VI

감옥 지하에는 다른 감옥이 존재했다. 그곳은 두꺼운 벽과 문과 긴 계단으로 지상의 감방과 격리되어 있었다. 게다가 곳곳에 도사린 무장한 병사들이 침입자를 목적지의 아득한 전방에서 가로막을 것이다.

이 감옥의 유일한 포로는 다부진 근골을 자랑하는 중년 사내로, 머리카락도 수염도 있는 대로 기르기는 했으나 그에게 고문을 가하는 자들보다도 훨씬 위엄을 유지하고 있었다.

지상에서는 행방불명되었다고 알려진 파르스의 샤오 안드라고라스였다.

무수한 상처와 출혈에도 불구하고 안드라고라스는 살아있었다. 정확하게는 살려 두고 있다고 해야 하리라.

고문 기술자들의 공세가 일단락되면 그들의 절반 정도 크기밖에 안 될 것 같은 빈약한 체격의 의사가 나타나 포로를 치료했다. 채찍이며 달군 부지깽이에 입은 상처를 술로 씻고 연고를 바르고 약초 습포를 붙인 다음에는 입을 벌리게 해 약주를 먹여 잠을 재웠다. 사내의 강건한 육체에 저항력이 돌아왔다고 판단되면 다시 고문 기술자들이 자신들의 일에 착수했다.

이 과정이 며칠 밤낮 동안이나 이어졌다. 한번은 사내가 완력을 휘둘러 사슬을 끊을 뻔했으므로 그 후로는 사자를 묶는 사슬을 쓰게 되었다.

단조롭고 잔혹한 하루하루에 변화가 찾아왔다. 지하 깊은 감옥에 방문객이 찾아온 것이다. 증오와 원념을 꼼꼼히 짓이겨 복수심의 불꽃으로 벼려 낸 듯한—— 방문객이 얼굴에 쓴 새로운 은색 가면에는 그러한 분위기가 있었다.

고문 기술자들은 공손히 은가면을 맞이했다. 감옥의 하루하루는 고문을 하는 자들에게도 인내를 요구한다. 변화는 어떠한 것이라도 환영할 만했다.

"……어떠냐, 놈의 상태는?"

약해지기는 했지만 생명에 위험은 없다는 사실을 대표자가 밝혔다.

"그러면 됐다. 죽이지 마라."

은가면의 목소리에는 노래하는 듯한 억양이 있었다.

"거듭 당부하겠다만, 죽여서는 안 된다. 이놈의 눈앞에다 아들의 수급을 들이댄 다음 죽일 것이다."

안드라고라스 왕의 둔중한 시선을 받고 은가면은 나직하게 웃었다.

"안드라고라스, 들은 그대로다. 네놈의 후계자는 아직 살아 있지. 그러나 그것도 오래가지 못할 것이다. 그저 내게 발각되어 내 손에 죽기 위해 살아갈 뿐이다."

은가면은 포로에게 얼굴을 들이댔다.

"내가 누구인지 알겠나?"

"……."

"아직도 모르는군. 그러면 가르쳐 주마. 들어본 적이 없는 이름은 아닐 것이다. 나의 이름은 히르메스, 아버지는 오스로에스다."

"히르메스……?"

"그렇다. 히르메스다. 선왕 오스로에스의 적자嫡子이며 네놈의 조카지. 그리고 파르스의 진정한 샤오다!"

안드라고라스는 말이 없었으나 두 손목에 찬 강철 고리가 살짝 삐걱거리는 소리를 냈다. 은가면은 크게 숨을 토해 냈다.

"놀랐느냐? 아니면 놀랄 기력조차 사라졌느냐? 네놈이 도리를 저버리고 등극했을 때, 공교롭게도 나는 살해당하지 않았던 거다. 네놈을 수호하는 악신惡神이 한 눈을 판 틈에 나는 그 불꽃 속에서 도망칠 수 있었지."

사내는 은가면의 잠금쇠를 소리 높여 풀었다. 가면이 벗겨지고 안드라고라스의 눈에 사내의 얼굴이 드러났다.

"네놈에게 불탄 얼굴이다. 똑똑히 봐라! 고개 돌리지 말고. 16년 전에 네놈이 저지른 대죄의 흔적을 똑똑히 봐라."

은가면 안에서 나타난 얼굴은 다륜이 목격한 바로 그것이었다. 본래의 수려한 반쪽 얼굴과 화신의 제물이 된 반쪽 얼굴이 하나의 윤곽 안에 동거하고 있다. 흐트러진 머리카락 사이에서 안드라고라스는 둔중한 안광을 보내는 것 같았으나, 지극히 피로한 듯 금방 고개를 숙이고 말았다.

"……나야말로 파르스의 정통한 왕이다."

다시 은색 가면을 쓴 히르메스는 자기 자신의 주장을 이번에는 조용히 되풀이했다.

"정통 지위를 회복하기 위해 지난 16년 동안 내가 얼마나 악전고투했는지 알 리 없겠지. 과거에 마음을 돌릴 필요는 없다. 네놈은 앞으로 아내와 자식, 그리고 네놈 자신이 어떠한 미래를 맞이할지 그것만 생각하면 되니까."

목소리가 끊어지고 발소리가 이를 대신했다. 은가면

을 쓴 히르메스가 고문 기술자들이 공손히 올리는 최고 예우의 인사 사이를 지나 밖으로 나가는 것이 포로의 시야에 비쳤다. 숙부와 조카는 16년 만의 짧은 재회를 마친 것이다.

히르메스를 바라보는 안드라고라스의 두 눈에 빛이 돌아왔다. 바늘 끄트머리 같은 조그만 빛이 급속도로 확대되어 눈동자 가득 충만했으며, 그것이 터져 나왔을 때 얼어붙었던 독주와도 같은 냉소가 안드라고라스의 얼굴을 장식했다.

왕은 소리를 내 웃었다. 옥좌에서 쫓겨나고, 국토를 빼앗기고, 이제는 왕위의 정통성마저 부정당한 사나이가 몸을 구속한 쇠사슬을 울리며 웃고 있었다.

본인 외에는 그 누구도 모를 이유로, 안드라고라스는 지하감옥 벽에 웃음을 반향시키고 있었다.

——파르스력 320년. 샤오 안드라고라스는 행방이 끊어지고 왕도 엑바타나는 함락되었다. 파르스 왕국은 멸망했다.

파르스 왕가 가계도

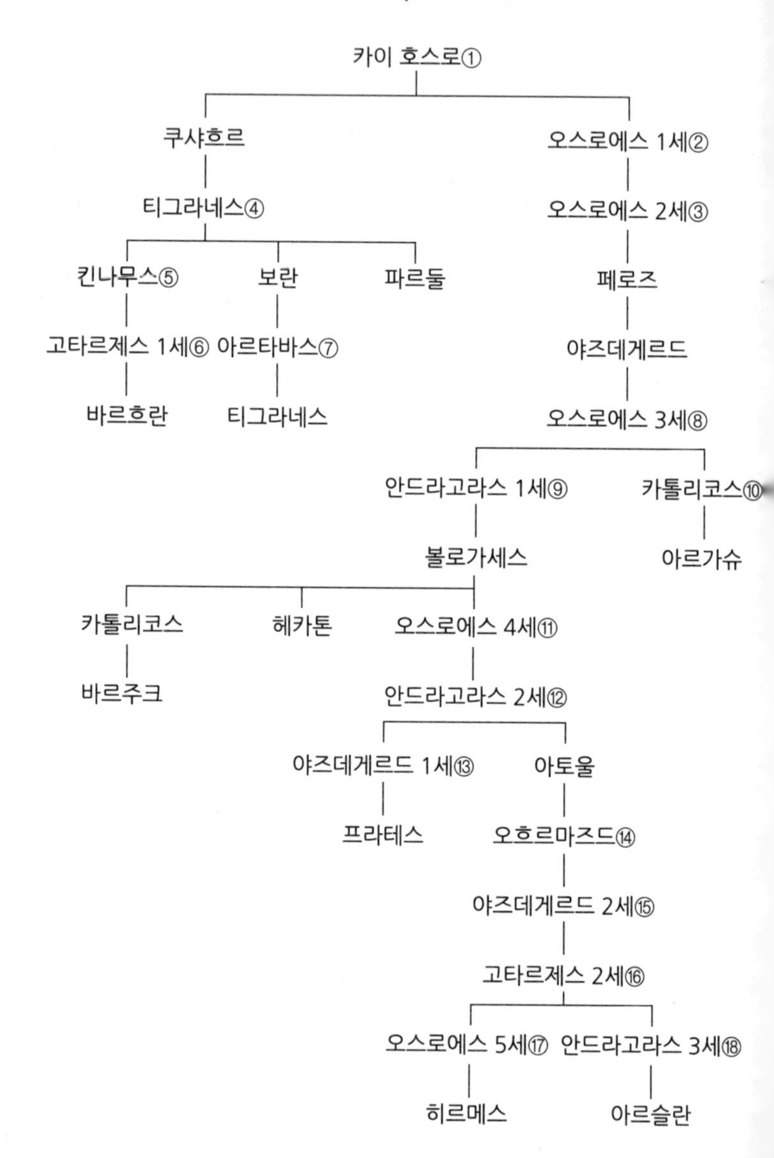
카이 호스로①
쿠샤흐르
오스로에스 1세②
티그라네스④
오스로에스 2세③
킨나무스⑤
보란
파르둘
페로즈
고타르제스 1세⑥
아르타바스⑦
야즈데게르드
바르흐란
티그라네스
오스로에스 3세⑧
안드라고라스 1세⑨
카톨리코스⑩
볼로가세스
아르가슈
카톨리코스
헤카톤
오스로에스 4세⑪
바르주크
안드라고라스 2세⑫
야즈데게르드 1세⑬
아토울
프라테스
오흐르마즈드⑭
야즈데게르드 2세⑮
고타르제스 2세⑯
오스로에스 5세⑰
안드라고라스 3세⑱
히르메스
아르슬란

후기 비슷한 것

—다나카 요시키—

12세기 영국에서 나온 '브리튼 열왕기' 라는 책이 있습니다. 쓴 사람은 옥스퍼드의 학문소 선생님이라고 하는데, 토머스 말로리 경이 쓴 '아더 왕의 죽음' 보다 먼저 유명한 아더 왕과 원탁의 기사들의 사적事蹟을 기록하고 있습니다.

이 책에 따르면 아더 왕은 브리튼 전역을 통일한 후 포악한 로마 황제와 전 유럽의 지배권을 두고 대립했으며, 연전연승해 끝에 마침내 로마를 함락시키고, 황제를 쓰러뜨려 전 유럽의 패왕이 되어 스스로 로마 황제의 관을 썼습니다. 하지만 그때 서자인 모드레드의 반역에 직면해 영국 본토로 귀환하여 사투 후에 둘 다 목숨을 잃은 것으로 되어 있습니다.

물론 이것은 실제 역사와 전혀 다른 로망스입니다만, 작가 몬마스는 당당히 역사서로 발표했습니다. 그는 이 가공의 '역사서'를 만들어내는 데 매우 큰 노력과 고생을 거듭했다고 합니다.

저는 이 이야기가 매우 마음에 들었습니다. 가공의 이야기도 좋아하고, 무익한 가공의 이야기를 만드는 데 정열을 쏟아붓는 사람도 좋아합니다. 정치 목적이 얽혀 있거나 권력자에게 아첨하기 위한 날조는 싫지만요.

가공의 이야기를 좋아하기 때문에 저는 이야기 작가가 되고 싶다고 생각한 것입니다. 위에서 말씀드린 '브리튼 열왕기'에 '삼총사'나 '철가면'이나 '난소 사토미 팔견전'이나 '수호후전水滸後傳'의 요소를 섞으면 재미난 맛의 육수가 우러나지 않을까 하고, 본인의 역량도 고려하지 않은 채 생각해 보았습니다. 미래의 우주를 무대로 한 역사물은 이미 썼으니까 이번에는 과거의 지구나 이세계를 무대로 해서……. 다소 안이한 생각이었던 것 같기도 하지만요.

아무튼 저는 위대한 선구자 몬마스 씨의 거대한 정열에는 미치지 못하지만 저 나름의 육수를 만들고자 작업에 착수했습니다. 당나라의 장안이니 오스만투르크 제국이니 일 한국汗國과 비잔틴 제국이니, 고치고 또 고친 끝에 무대는 중세 페르시아로 결정을 보았습니다. 물론 실제 중세 페르시아는 아니고 그와 매우 흡사한 이세계의 국가지요. '파르스'란 중세 페르시아 왕조의 발상지 파르사Pârsa를 꼬아서 만든 이름입니다.

인명이나 지명도 이슬람 왕조 이전의 페르시아 역사나 전설에서 따왔습니다. 엄밀히 말하자면 고대 페르시아와 중세 페르시아에서는 인명의 느낌도 다른 것 같습니다만 그 점은 너그럽게 봐 주십시오.

너그럽게라고 해도 사실 페르시아풍의 명사가 다수 등장하고 심지어 되는 대로 쓰기까지 했으니 진지하게 페르시아 역사나 문화를 연구하는 분은 어쩌면 불쾌감을 느끼실지도 모르겠습니다. 그걸 피하기 위해서라도 이세계의 국가를 무대로 삼았습니다만, 그 점에 대해서는 미리 부탁을 드리고 싶습니다. 이것은 어디까지나 가공의 이야기이니 부디 너그럽게 봐 주십시오, 라고.

한편 파르스를 침공한 적국은 십자군과 아메리카 대륙을 정복한 스페인 군의 이미지로 만들었으니 상당히 노골적인 악역으로 보인다 해도 이야기의 현재 단계에서는 어쩔 수 없을 것입니다. 아민 말루프의 '아랍이 본 십자군' 같은 책을 읽어보면 십자군이 신의 이름 아래 얼마나 악역무도한 짓을 저질렀는지 잘 알 수 있습니다. 로빈 후드 전설이나 '아이반호'로 일본에서도 인기가 있는 '사자심왕' 리처드 1세는 아코 성을 함락시키고 2700명의 포로를 얻었을 때 아랍 측에 금화 20만 닢의 몸값을 요구했고, 거부당하자 포로 전원을 학살했지요. 한편 아랍의 수장인 살라딘은 예루살렘을 점령했을 때 포로들이 모두 자신의 재산을 가지고 안전히 퇴거하도록 허락해 주었습니다. 이 두 사람이 호적수였다는 이야기는 적어도 살라딘에게는 실례가 되지 않을까요.

이쪽 세계 이야기는 내버려두고, 파르스가 존재하는 저쪽 세계에는 당연히 다른 수많은 나라가 있으며, 제1권에서는 벌써부터 국가를 빼앗기고 수도를 점령당하고 부모님은 붙잡힌 아르슬란이 언젠가 그러한 나라들을 돌아다니게 될지도 모릅니다. 다만 그 전에 통치자로서도 전사로서도 지극히 미숙한 그는 크게 성장할 필요가 있을 것 같군요. 적어도 현재 겨우 4.5명밖에 없는 부하들을 능숙히 다룰 수 있을 정도로는요.

지금 아르슬란은 부하들에게 짐짝일 뿐입니다. 얼른 성장해서 심술쟁이 작가가 마련해 놓은 온갖 위험과 전란과 음모와 재난과 사지를 클리어해 줬으면 합니다. 그리고 독자 여러분이 아직 못 미더운 이 주인공과 그를 에워싼 사람들을 응원해 주신다면 육수를 만드는 입장에서도 든든하리라 생각합니다.

역자 후기

평소 역자후기를 쓸 때는 마감을 마쳤다는 성취감이나 해방감 때문에 들떠 많은 이야기들을 손 가는 대로 늘어놓곤 한다. 그러다보니 옮긴이의 역자후기는 농담조의 가벼운, 아니, 솔직히 말하면 촐싹거리는 내용이 대부분이다. 하지만 이번에는 조금 기세를 누르며 시작해보고자 한다. 다른 작품도 아닌 '아르슬란 전기'의 후기인데, 방정을 떨다가 작품에 누를 끼칠 수는 없으니.

영상미디어에서 아르슬란 전기의 새 판본이 나오고, 그 번역을 내게 맡기고 싶다는 말을 들었을 때에는 물론 매우 기뻤지만, 한편으로는 부담도 있었다. 이미 두 번이나 다른 번역가 대선배님들의 손길을 거쳤던 작품이며 수많은 팬들을 거느린 작품이 아닌가. 거절할 이유는 없더라도 작업은 역시 조심스럽게 해야겠다는 생각이 있었다.

물론 나는 아르슬란 전기를 좋아한다. 다른 팬들만큼 내용을 완전히 꿰고 연표를 줄줄 읊지는 못해도, 작품을 사랑하는 마음은 남 못지않다고 생각한다. 또한 팬으로서 번역을 한다고 미덕이 될지언정 흠결이 되지는 않을 것이다.

다만 애정이 있기에 시야가 좁아져 객관성이 떨어진다거나, 혹은 특정한 캐릭터나 파랑기스나 파랑기스를 편애하여(아차) 묘사에 더 힘을 쏟는 폐해가 생길 가능성도 부정할 수 없다. 오랜 세월을 거쳐 재발간되어 다나카 요시키 선생님도 완결을 예정하고 있으시다는데, 졸역으로 작품의 질을 떨어뜨릴 수는 없지 않겠는가. 마음을 다잡고 진중하게 작업에 들어가기로 했다.

하지만 결심은 책 첫머리의 연표를 번역할 때 이미 어디론가 날아가버렸다. 정신을 차려보니 아트로파테네 회전이 끝난 후였다. 다시 한 번 신중하게 시작해봤지만 나르사스가 등장해 다륜과 티격태격하기 시작하니 또 흥이 나 거의 무의식적으로 키보드를 두드리고 있었다.

생각해 보니 4년 전, 같은 작가의 명작 '은하영웅전

설' 을 번역할 때도 비슷한 감정의 흐름을 겪었던 것 같다…….

여담이지만 역자는 한때 소설가가 되고 싶어서 다나카 요시키의 작품 몇 권을 필사한 경험이 있다. 사실 소설 작법과는 별로 상관이 없는 무의미한 일이었지만, 덕분에 '다나카 요시키 작품의 문체' 에 어느 정도 익숙해질 수 있었다. 그것이 세월이 흘러 지금 번역에 도움을 주니, 세상사가 참으로 얄궂다.

아무튼 그렇게 초심을 잃고 역자의 애정에 충실한 번역이 되고 말았지만, 번역의 질에 대해서는 독자 제위께서 직접 판단해주시기 바란다. 원작의 재미가 있는 그대로 전해지고, 여기에 옮긴이가 느꼈던 재미까지 1할 정도 더해졌다면 더 바랄 나위가 없겠다.

작품에 누를 끼치지 않고자 기세를 누르며 시작했던 후기도 초심을 잃고 점점 가벼워지고 있으니 이만 졸필을 마무리 짓고자 한다.

2014년 초겨울

김완

아르슬란 전기 1

2014년 12월 10일 제1판 인쇄
2014년 12월 24일 제1판 발행

지음 다나카 요시키 | **일러스트** 야마다 아키히로 | **옮김** 김완

펴낸이 임광순 | **제작 디자인팀장** 오태철
담당편집자 황건수
편집1팀 황건수 · 정해권 · 오상현 · 김동규 · 신채윤
편집2팀 유승애 · 배민영 · 권소현 · 박예슬
디자인팀 박진아 · 정연지 · 이신애
국제팀 노석진 · 엄태진 | **마케팅팀** 김원진

펴낸곳 영상출판미디어(주)
등록번호 제 2002-000003호
주소 403-853 인천광역시 부평구 평천로 132 (청천동)
전화 032-505-2973(代) | **FAX** 032-505-2982

ISBN 979-11-319-0377-3
ISBN 979-11-319-0376-6 (세트)